U0067930

# 絕命深潭

藍色水銀　著

天空數位圖書出版

# 序

　　原本，是要寫鬼故事，但在我看了便利商店的書之後，發現有很多類似的題材，所以我把內容更改，變成了現在的樣子，希望大家喜歡。寫作本來就是很彈性的東西，上一秒想到的，可能下一秒就被自己推翻，本來設定的方向，也可能在動手打字之前被更改，或是出門買便當時看到了什麼？就造成部份內容的改動，總之，在最後一個字完成之前，連我自己都不知道劇情會怎麼發展。

　　為了寫這三個短篇，我做了很多相關的功課，讓內容看起來比較貼近真實，雖然我個人覺得內容瞎爆了，但不瞎，讀者怎麼會喜歡呢？所以，就讓它失控吧！超過想像力很多很多，至少我自己是這麼覺得，這就是所謂的自我感覺良好嗎？糟了，好像是這樣沒錯！？

　　肚子開始咕嚕咕嚕叫了，應該是喝了一大杯去冰的無糖綠茶的關係吧！這個讓我專注力滿分的飲料，也陪著我從初夏到

秋末了，再來的日子，應該是熱咖啡或高山茶為主了，自從開始喝溫熱的飲料之後，體質整個改變，最明顯的是冬季比較不怕冷，缺點當然是夏天容易滿頭大汗，平均體溫從原本的 35.2 度上升到 36.5 度，不哈拉了，買晚餐去。

藍色水銀

# 目 錄

## 生化巨蟒         71

# 絕命深潭

# 壹：玩命跳水

　　一個十八歲的女孩，跟男朋友大吵一架之後，跑到一處懸崖邊，直接跳了下去，那是一處深潭，連忙跟在後面的男朋友嚇呆了，他不會游泳，只好趕緊報警，當警察跟消防隊到的時候，已經過了好幾個小時，這時已經是傍晚，為了搜救人員的安全，只能等配備齊全，這一等，又是兩個小時，天色又更暗了，潛水伕在水裡將近一小時，但終究找不到女孩。經過數週的尋找都無法找到女孩，警方暫時以失蹤結案。

　　幾個月後，放暑假了，一群大學生約十五人，跑到女孩跳下去的地方比膽識。

　　「跳下去，並遊到對岸的人才是男子漢。」一個女生鼓譟地說。

　　「開什麼玩笑？這麼高！」穿黑背心的男生說。

　　「你這麼沒種，還想追淑芬啊？」穿白襯衫的男生看著鼓譟的女生說。

　　「跳就跳，不過，你先請。」穿黑背心的男生說。

　　「好啊！不跳的人要請大家吃牛排、看電影。」

「沒問題啊！你怎麼還不跳？」

「小菜一碟。」說完之後，他就從高約二十公尺的懸崖上助跑了十公尺然後跳下去，撲通一聲，經過了十秒、二十秒、一分鐘，他還是沒有浮出水面，眾人開始緊張。

「怎麼辦？明賢？」淑芬看著穿黑背心的男生說。

「報警吧！這麼高，我沒把握。」明賢說。

「拜託，別說是我慫恿他跳的。」

「知道了。」於是全部的學生都走了，只留下明賢跟淑芬在那裡等警察。

「這麼邪門，又是這裡！」第一個趕到現場的警察說。

「你說什麼？再說一遍。」淑芬對警察的話感到震驚。

「你們有所不知，幾個月前，一個女生從這裡跳下去，也是沒有浮起來，找了一個月都找不到啊！」

「警察先生，麻煩你，一定要找到他，他是獨生子，三代單傳。」淑芬說。

「找是一定要找啦！不過現在已經過了三十分鐘，消防隊到的時候應該已經超過兩小時，你們要有心理準備。」

「我知道了！」淑芬眼角泛著淚光回應。結果還是一樣，找了幾個星期都沒有結果，又以失蹤結案。

　　「都是我不好，是我害死小張的。」一個月後，淑芬跟明賢又回到跳水的懸崖邊。

　　「妳現在後悔也來不及了。」

　　「如果不是我激他，他也不會跳。」

　　「現在說這些都太晚了，對了，為什麼小張會說我想追妳？」明賢問。

　　「我跟他吵架，故意騙他說有情敵出現了，就是你。」

　　「妳已經跟他在一起了？」

　　「嗯！」

　　「多久了？」

　　「一年半。」

　　「那就是剛上大一，你們就已經在一起？」

　　「沒錯。」

　　「唉！命啊！」

　　「我懷孕了。」

「妳打算怎麼辦？」明賢很驚訝地看著淑芬。

「我要問小張的爸爸，他家已經三代單傳。」

「妳要考慮清楚。」

「如果他爸爸不答應，你可以當小孩的父親嗎？」

「妳是認真的嗎？」明賢張大眼睛看著淑芬。

「當然是真的。」

「好吧！為了我的死黨，為了我最喜歡的女生，我只好犧牲了。」

# 貳：釣客落水

就在兩個人聊天的時候，對岸有一名釣客，拿著甩竿往深潭投了幾次釣線，然後走到水深及膝的地方開始釣魚，沒多久就釣起一尾長約三十公分的坦克鴨嘴魚，他把魚放進魚網之後繼續釣魚，兩人此時發現了釣客。

「有人釣魚，那表示水只有這邊比較深。」淑芬說。

「然後呢？」

「一個月沒下雨了，現在水應該比較淺了。」

「妳還想找到小張？」

「生要見人，死要見屍。」

「我跟教授借水下搖控攝影機看看。」忽然間，釣客在兩人面前落水。

「快看，他被拖下水了。」淑芬比著對岸。

「好像是被大魚拖下去的。」

「我也這麼覺得，快報警吧！」

「怎麼又是你們兩個。」第一個趕到現場的警察說。

「我們的實驗室就在附近，在這裡看到我們很正常啊！要不要我帶你去？」明賢說。

「你們是吳教授的學生？」

「是的。」明賢說。

「不用去了，我跟他很熟，告訴我，這個釣客是怎麼掉下水的？」

「他不是掉下水，是被拖下水的。」

「確定？」警察疑惑的問。

「當然，我們兩個都看到了，只花了不到十秒，他就被拖往深處，然後就看不到了，水的軌跡是一直線。」淑芬說。

「這下總算有點線索了，難怪之前的案子都一樣，找不到屍體。」

「之前的案子？」淑芬疑惑地看著警察。

「連你們的同學算進去，這裡已經有六個人失蹤了。」

「這麼多？」明賢嚇一跳。

「唉！我看啊，要找道士來超渡了。」警察說。

「為什麼這麼說？」淑芬問。

「這可能是抓交替啊！」

「我覺得是大魚把他們吃了。」明賢說。

「可是這裡最大的魚是草魚跟鰱魚，應該不會吃人。」

「你不相信我？」明賢說。

「不是不相信，凡事要眼見為憑。」

「你們警方會怎麼做？」明賢說。

「無能為力啊！嚴格說，這條河不是我管的，而且河川局的人態度都很差，每次來回看都是敷衍了事。」

「如果我們自己調查呢？」明賢說。

「你們有器材嗎？專業能力夠嗎？」

「我們有水下搖控攝影機。」

「好吧！不過一定要小心，我不希望再出人命了。」

「放心，我們不下水。」

「你們可以走了，這裡交給我就行了。」

「再見。」

「報告所長，根據目擊者的說法，釣客可能是被某種大魚拖下水。」警察對著穿兩線一星的長官說。

「大魚？」

「沒錯。」

「不是一般落水？」

「是的。」

「回去寫個報告給我，要成立調查小組。」

「這麼麻煩？」

「那個釣客是立委的弟弟，算我們倒楣。」

「好吧！」

「正達，這件事就由你負責當聯絡人。」

「媒體那邊呢？」

「先別張揚，就說落水失蹤，已經派人下水找了。」

「知道了。」

「吳教授的學生說要用水下搖控攝影機調查，我已經答應他們了。」

「唉！慘劇啊！六個人了。」

# 參：超渡

立委找來道士招魂，並要他超渡這六個亡魂。

「怎麼樣，有把握嗎？」立委站在岸邊問。

「當然沒問題。」於是道士花了幾分鐘的時間唸了一些咒語跟燒了一些符咒。

「陳山河，你的哥哥陳山海來帶你回家了。」道士之後又把另外失蹤的五個人也如法炮製。

「好了，陳立委。」道士做完法事後告訴立委。

「確定嗎？」陳山海問。

「確定。」

「所以現在可以下水了？」

「當然。」道士說完陳山海一腳踢向道士，道士落水並開始呼救。

「救命啊！」他載浮載沉地。

「把他拉上來。」陳山海示意旁邊的兩個助理，他們丟了一個救生圈過去，不過離道士有點距離。

「丟準一點啦。」陳山海有點不悅。

「救～」雖然第二次救生圈很準的丟到道士旁邊，道士也抓到了，但他忽然被某種力量拖下水，只說了一個字就消失在陳山海跟兩個助理、兩個警察面前。

「靠腰！」陳山海的其中一個助理說，另一位助理正在抽煙，他嚇到張大嘴巴把煙掉在地上。

「劉所長，那是什麼？」陳山海問。

「我也不知道？」

「不知道！限你一個星期調查清楚。」

「是！立委慢走。」陳山海話才說完掉頭就走。

「所長，為什麼剛剛那個道士會被踢下水？」

　　「你有所不知，陳山海是驅魔大師陳金海的哥哥，他們兩人曾經一起學法術，後來陳山海跟陳金海同時愛上一個女人，兩個人鬧翻了，所以今天才沒找陳金海來超渡他們的弟弟，我猜這個道士應該是騙吃騙喝的，被陳山海識破了，所以才踢他下水。」

　　「那報告要怎麼寫？」

　　「不能寫，寫了，我們兩個都會被迫提早退休。」

　　「這麼嚴重？」

　　「陳山海囂張也不是一天兩天的事了，他有立法院長撐腰，我們惹不起。」

　　「那這個道士怎麼辦？」

　　「算他倒楣，誰叫他連立委都敢騙。」

　　「好吧！這叫做現世報嗎？」

　　「金海嗎？我是山海。」陳山海在車上撥出電話。

　　「哥哥？什麼事？」陳金海半信半疑的回答，畢竟兩人已經超過十年沒見面了。

　　「小弟死了，我希望你幫他超渡。」

　　「在那裡？」

「你去找老家那裡，找派出所的劉所長。」

「好的。」

「就是這裡了，總共有六個人失蹤。」正達跟陳金海還有兩個徒弟站在釣客被拖下水的岸邊。

「幫我護法。」陳金海說。

「是，師傅。」兩個徒弟分別面向河的上游與下游。

陳金海拿了一張板凳坐下，閉目之後，進入了過去的時空，他看見弟弟被拖下水的畫面，也看到大學生跳水之後就再也沒有浮出水面，緊接著又看到女孩自殺的畫面，然後是一個小孩玩水後被水沖走，父親跳下水卻雙雙滅頂，最後他看到一個人游泳，被一隻巨大的怪物吃掉的畫面，但他不確定那是什麼？

「可能是一條大魚。」陳金海回到現在的時空。

「可能？」正達疑惑地問。

「我的能量不太夠，只能看到部份的片段，最早失蹤的那個人，在游泳的時候，被一隻長約五公尺的怪物吃掉了，但因為我被嚇了一跳，只看到了不到兩秒的畫面，等我能量補足再來超渡他們。」

「原來如此。」於是陳金海還原了六個人失蹤的經過，正達也將這些話都紀錄下來。

# 肆：潛水伕之死

陳山海動用他的關係，找了一個團隊到深潭，一艘特製的大膠筏，長約十公尺，寬五公尺，上面載了一個兩公尺半立方的防鯊籠，一個船長在控制方向，一個人往水中灑紅色的牛肉，一個人坐著看兩台筆記型電腦，這時防鯊籠下水了，潛水伕進入防鯊籠，潛到約十公尺深的水中。膠筏上的人繼續灑牛肉下水。

忽然間，一條長約一公尺的坦克鴨嘴魚出現在潛水伕面前吃牛肉，畫面也傳到了膠筏上，然後十幾隻體型差不多的坦克鴨嘴魚圍繞在防鯊籠旁邊，即使潛水伕已經身經百戰，對於這樣的畫面還是覺得很震撼，畢竟這是一條淡水河流。

「快看。」操作筆電的人比著其中一台電腦的畫面。

「那是六鬚鯰魚，可是體型不對，太大了。」

潛水伕被眼前的六鬚鯰魚嚇到了，將近十公尺長，那些坦克鴨嘴魚就像是小魚般，另一條六鬚鯰魚也出現了，雖然只有

五公尺的長度，但一口就吞下其中一條坦克鴨嘴魚，大條的六鬚鯰魚在吃了其中一條坦克鴨嘴魚後就不見了，忽然間，防鯊籠被撞了一下，之後又被撞了幾下，鏈條斷了，連接電腦的線也斷了，防鯊籠慢慢沉到約二十五公尺深的河床上並停了下來。

「那是什麼？」灑肉的男人問操作電腦的人。

「應該是鹹水鱷，不過，體型不正常，超過十二公尺。」

「這麼大？難怪那條十公尺長的六鬚鯰魚會逃跑。」

潛水伕雖然還在防鯊籠內，不過氧氣的存量越來越少，鱷魚雖然已經離開，可是鯰魚是底棲類的魚，那些坦克鴨嘴魚就在附近，正當他想要打開防鯊籠往上游的時候，那條十公尺長的六鬚鯰魚就在他眼前一公尺不到，寬約一點五公尺的頭部，這狀況可把他嚇壞了。

「把膠筏慢慢往上游開。」灑牛肉的人一面繼續灑。

「要開多遠？」船長問。

「至少要兩百公尺。」

「我知道了。」於是那些坦克鴨嘴魚被吸引到膠筏下方，那兩條六鬚鯰魚也是，潛水伕似乎知道他的同伴為他引開了魚群，於是開始往淺水區域游過去，好不容易終於上岸了，他的

同伴也看到了，卻在此時，一條長約八米的巨鱷悄悄游向他，並突然從水中爬上岸，潛水伕背著裝備，所以走不快，才兩秒鐘左右就被咬住，並拖下水，幾秒鐘後，鱷魚使用死亡翻滾將潛水伕撕成兩半，並吞入腹中。

「怎麼會這樣？」船長遠遠地看著這一幕說。

「先擔心我們自己的安危吧！」灑牛肉的人比著那條十幾公尺長的巨鱷說。

「看我的。」操作電腦的人拿出黃色炸藥，插上引爆器，往巨鱷背部一丟，然後引爆，由於距離很近，鱷魚受到驚嚇便逃之夭夭。

「快上岸吧！」灑牛肉的人說，於是他們用全速衝向岸邊。

「好險！」船長說。

「可是阿豪死了。」操作電腦的人說。

「做這行的風險本來就很大。」灑牛肉的人說。

「他死得不明不白啊！」操作電腦的人說。

# 伍：水下攝影機

明賢跟淑芬帶著一部小潛艇，從釣客被拖下水的地方放下水，小潛艇長約一公尺，有一個燈往前照射，上面載了一部180度廣角的水下攝影機，還有兩部是120度的。

「畫面傳回來了。」淑芬說。

「我專心看180度的畫面，妳看另兩個畫面。」明賢拿著搖控器操縱著小潛艇。

「沒看到任何生物耶！」淑芬說。

「我潛到深一點的地方好了。」

「還是沒有，越來越暗了。」

「潛到底看看好了。」當水下攝影機幾乎貼近河底的時候，他們看到了幾十條約一公尺長的坦克鴨嘴魚，遠方有個大黑影，於是明賢將攝影機靠近那個黑影，是那條長五公尺的六鬚鯰魚，它的嘴邊好像有些什麼？

「淑芬，我把其中一台的角度對準它的嘴，妳要看清楚。」

「是小魚，我猜，這條是雄魚。」淑芬說。

「妳怎麼知道的？」

「我來之前，有問過正達，他說這裡有大鯰魚跟巨鱷。」

「巨鱷？」

「是的，別擔心，我們有幫手，你看天上。」天上有一部空拍機，剛昇空，是他們的同學在操縱，旁邊還有兩部空拍機待命，他們的十幾個同學都來了。空拍機把周邊約一百公尺長寬的區域都掃瞄了一遍，沒有發現鱷魚，於是飛得更高，水中沒有發現鱷魚，岸邊也沒有。

「快看。」淑芬比著螢幕說，原來是小鯰魚都游進大鯰魚的嘴巴中。

「我該收回攝影機了。」明賢說。

「怎麼了嗎？」

「小魚會這麼快回到大魚嘴中，表示危機靠近了。」明賢的話才說完，攝影機的畫面就斷斷續續，是那隻十幾公尺長的鱷魚用尾巴打中了攝影機。

「同學，快往高處跑。」明賢大喊，於是一群學生紛紛往陸地的高處跑去。

「我們也趕快離開。」明賢一面拉著淑芬的手，一手拿著裝備往陸地的方向跑去。

「好險你們跑回來了。」操作空拍機的同學比著手機上回傳的畫面，那隻巨鱷已經在河邊約五公尺處。

「怎麼會這麼大？」淑芬問。

「我不知道？根據飛行高度換算的結果，長度應該有十六點五公尺。」操作空拍機的同學說。

「開什麼玩笑？怎麼可能？」明賢驚訝地說。

「快走吧！這裡還很危險。」一個女生說。

「你們先回實驗室跟教授報告，我跟淑芬去派出所。」明賢用一部藍色的機車載著淑芬。

「正達大哥、劉所長，事情嚴重了。」淑芬說。

「你們查到什麼了？」所長問。

「鯰魚有兩種，其中一種大約一公尺長，另外一種叫六鬚鯰魚，雄魚大約五公尺長，嘴裡含著幾百隻小魚，根據推斷，雌魚應該有十公尺長，最嚴重的是還有一條十六公尺長的巨鱷，我懷疑，它準備要在這裡繁殖。」

「妳怎麼知道？」所長問。

「我對鱷魚小有研究。」

「妳有什麼建議？」

「想辦法殺死它。」

「不能活捉嗎？」正達問。

「你知道它的頭有多大嗎？像這張沙發一樣長，活捉？要殺死都有困難，還想活捉！而且，那天殺死潛水伕的是不同一隻，我們現在根本不知道還有多少巨大生物在河裡。」

「這樣吧！我們先全面封鎖河道，由專業的人處理，這樣好嗎？」所長說。

「當然好，對了，岸上也要搜索，鱷魚卵也要帶走。」

「好，我會特別交代。」

# 陸：回憶往事

「你們聽好了，這都是我的錯。」教授在聽完淑芬及同學的話後，在實驗室內感嘆的說。

「十年前，我跟一家國際精品公司、一家冷凍食品公司展開了一項計劃，基因改造跟快速生長。」

十年前，四十歲的吳教授，跟幾個人在開會。

「吳教授，你有辦法讓鱷魚長得快一些嗎？這樣我們的成本才能下降。」精品公司代表拿出一個粉紅色的鱷魚皮包看著他。

「沒問題啊！生長速度大約是二點五倍，很快就可以讓你們看到成果。」

「這麼厲害？那鯰魚呢？」食品公司代表問。

「當然可以，你想要讓它們長到多大？」吳教授問。

「至少三公尺吧！這樣的肉質應該最理想。」

「好，地點我已經找好了，那裡的水質不錯，非常適合我們的計劃。」經過一年之後，實驗室已經有了初步的成果。

「這些鱷魚，來的時候都只是剛出生不久，現在它們都超過一點五公尺，有的已經兩公尺，我想，你們的養鱷場應該辦不到吧！？」吳教授比著池中的八隻鱷魚說。

「非常好，我回去之後會跟老闆報告的。」精品公司代表顯然對實驗成果非常滿意。

「我們的鯰魚呢？」食品公司代表問。

「放心，我只擔心你會嚇到。」吳教授帶著他們到另一個大池子，長寬約三十公尺的水池，水深三公尺，從厚約五十公分的透明處看進去，除了數十條長四十公分的坦克鴨嘴魚外，十多條六鬚鯰魚的長度都落在一點八公尺到二點五公尺之間。

「這怎麼可能？」食品公司代表瞠目結舌地看著。

「怎麼樣？還滿意吧？」

「非常滿意。」

「那就麻煩你們撥款快一點。」

「那是當然。」

雖然實驗很成功，可是天不從人願，精品公司跟食品公司代表離開後沒幾天，連續下了十幾天的大雨之後，實驗室後方的山坡土石鬆動，終於在颱風來臨那天崩坍，整個實驗室都隨著土石流沖進河裡。

「本來我以為它們被土石流壓死了，沒想到它們竟然在河裡面活得這麼好。」時間回到教授跟學生的談話。

「教授，你究竟做了什麼？為什麼鹹水鱷可以長到這麼大？六鬚鯰魚也是。」明賢問。

「基因改造，例如一隻鱷魚壽命一百歲，可以長到五公尺，我讓它可以活到五百歲，這樣它在二十歲之前就會不斷長大，你們說的那隻鹹水鱷其實只有十一歲，理論上，它可以長到三十公尺，鯰魚也可以長到二十三公尺長。」

「這太可怕了。」淑芬說。

「對不起，我只注意到實驗成果，卻沒注意到會發生這個可怕的後果。」

「可是，河裡面的食物那麼少，它們怎麼還能長那麼快？」明賢的問題確實很好。

「既然是基因改造，當然會加入很多生物的基因，鱷魚加入藻類基因，所以它們在曬太陽或是淺水區埋伏的時候，身體是持續生長的，生長速度甚至比吃肉快，鯰魚加入的是水草基因，所以它們不會躲在陰暗處，反而喜歡陽光，這也是為什麼這一個區域的水會特別乾淨的原因，鱷魚跟鯰魚把水中的雜質都吸收掉了。」

「原來如此，基因改造實在太厲害也太可怕了。」淑芬看著教授說。

## 柒：獵捕計劃

派出所裡，聚集了一群人，他們正在討論怎麼解決這件事，避免發生更多悲劇。

「生物學博士，吳興邦，他們兩個是我的助理，明賢跟淑芬。」吳教授自我介紹。

「劉德義，警方代表，他是陳正達。」

「電腦工程師兼武器專家，張良國。」

「淡水魚專家，范世平。」

「膠筏駕駛，老黑。」以上就是膠筏上的那三人。

「河川局代表，林錦昌。」

「水利工程專家，胡玉梅。」

「軍方代表，王文賓中校。」

「特種部隊隊長，林俊秀。」

「空拍組，老賈、老三。」經過一個小時的討論，有了初步的結果。

「現在是枯水期，一個星期內應該都不會下雨，如果在比較窄的地方，做一個臨時的水壩，把水抽乾，應該有機會把它們一網打盡。」范世平說。

「玉梅，可行嗎？」林錦昌問。

「給我三天，但是要怎麼保障工人的安全？」

「用炸藥驅趕，它們不喜歡巨大的聲音。」張良國說。

「這還不夠。」胡玉梅說。

「放心，特種部隊會在工地周圍佈置地雷跟警戒。」林俊秀說。

「還有問題嗎?」劉德義問,沒有人有意見。

「那就照剛剛的辦法,速速進行,散會。」劉德義說。

張良國對著即將建造臨時水壩的區域丟炸藥,丟了十幾個地方之後,挖土機、怪手、吊車及一些工人從釣客失蹤那條小路進入河床上,特種部隊的三十個隊員在可能的路徑上埋下地雷,並架設了兩個高約兩公尺高的臨時崗哨,他們每個人都身穿迷彩衣,並背著衝鋒槍警戒著。空拍機也昇空確認鱷魚不在附近,工程進行得很順利,三天內就完成了,五部抽水機就在第四天天亮之後開始運作,不過,運作的並不順利,其中一部吸進了一隻坦克鴨嘴魚,花了不少時間才把魚找到,並繼續抽水。另一部則是吸進了一顆鵝卵石而無法正常運轉,正當工人在處理的時候,八公尺長的巨鱷從深水處一躍而上,咬中其中一個工人並拖下水,另外兩個工人也被鱷魚撞到並落水,特種部隊雖然就在旁邊警戒,但對鱷魚突如其來的攻擊也束手無策,更何況有工人落水,不能往水裡開槍。隊長林俊秀立即丟了兩個救生圈下水,兩個工人也都順利接到,此時巨鱷用死亡翻滾將工人撕裂,並吞下工人,特種部隊開始向鱷魚掃射,不過鱷魚很快躲進水裡,逃過獵殺,而兩個工人在被拉往岸邊的時候,

其中一個被那條五公尺長的六鬚鯰魚拖下水，不到兩秒的時間就只剩下救生圈浮在水面上。

「全員集合。」劉德義把所有人叫過來，只留下兩個哨兵跟空拍機操作員。

「報告狀況。」王文賓中校問林俊秀。

「三名工人落水，一名被鱷魚撕裂吞下，一名被大魚拖下水，一名獲救。」

「怎麼這麼不小心，不是千交待、萬交待了？」劉德義非常生氣的說。

「等等我再炸一遍。」張良國說。

「麻煩你了。」劉德義說。

## 捌：巨鱷現蹤

第二天早上，眾人再度前往抽水機附近，一隻長約一公尺的鱷魚屍體，左前腳及左半部有明顯的灼傷躺在前方。

「報告隊長，應該是被地雷炸死的。」

「檢查地雷。」林俊秀說完,三個特種部隊的人員開始檢查,其中一個地雷的設置點被炸了一個大窟窿。

　　「再多埋幾個在洞的邊緣。」林俊秀指揮埋地雷的人員,就在他準備要埋下第二顆地雷的時候,八公尺長的巨鱷竟然悄悄地出現在四人面前,它用尾巴用力一掃,埋地雷的人竟被拋向十公尺外,撞上一個大石頭後暈了過去,其他三人立即拿起衝鋒槍瘋狂掃射,巨鱷衝向其中一人,踩中地雷,巨鱷右腳斷了,右邊也受傷嚴重,奄奄一息,不過那個特種部隊的人也被地雷炸成重傷倒地不起,林俊秀跟另一個同袍則是被爆炸聲炸得暈頭轉向,一時間站不起來,這時其他的特種部隊趕來支援。

　　「隊長?隊長?」一人一直在林俊秀身旁呼喊,但林俊秀似乎聽不到任何聲音。

　　「把傷兵帶去治療,暫時由我指揮。」王文賓說。

　　「誰是副隊長?」王文賓在一陰涼處問。

　　「報告長官,是我,余天成。」

　　「你們的隊長暫時無法指揮,由你負責。」

　　「是,長官。」

　　張良國戴上鋼盔、耳塞、穿上防彈衣，往附近的草叢猛扔手榴彈，丟了二十幾顆之後，工人才敢回崗位上檢查抽水機。其中兩台有運作，不過似乎抽不動。

　　「應該是管子破了，快拉上來。」一名工人說完就和他的同伴合力拉管子。

　　「怎麼這麼重？」另一人說。

　　「不管了，一定要拉起來。」當他們費了九牛二虎之力拉起管子，一隻寬約兩公尺的大螃蟹也被拉出水面，兩個工人嚇得拔腿就跑，那隻螃蟹往草叢跑去，雖然踩到地雷，但它跑的速度實在很快，地雷雖然爆炸也只是傷到它的表面而已，幾秒鐘的時間就不見蹤影。

　　「剛剛那是什麼？」副隊長余天成問崗哨上的人。

　　「是一隻大螃蟹。」

　　「螃蟹那有這麼大的？」

　　「是真的，我們兩個都看到了。」工人說。

　　「那兩部抽水機的狀況如何？」余天成問。

　　「管子被螃蟹夾爛了，需要更換嗎？」

　　「換吧！換之前記得投手榴彈。」余天成看著張良國。

就在大家還在對大螃蟹議論紛紛的時候，張良國從河邊走回指揮處。

　　「我們遇到麻煩了，抽水機這邊比較淺，水已經抽不到，還有一個長寬都約三十公尺的水潭，要把管子拉過去的話，有一定的風險，那邊都是泥濘，萬一遇到危險根本跑不掉。」

　　「用大片的合板，兩百片應該夠用了。」胡玉梅說。

　　「找誰搬？工人都嚇壞了。」河川局林錦昌問。

　　「我們來吧！」余天成說。

　　「好，事不宜遲，推土機會把它們運到岸邊的。」胡玉梅說。

　　特種部隊完成了臨時的步道後，也把管子拉到水潭邊，十六公尺長的巨鱷從水中衝出，雖然沒咬中任何人，一個人掉進泥濘中，一個人落水，兩個人跌倒，巨鱷先將他們兩人咬住，隨即回到水中，這隻巨鱷實在太大，一口就吞下兩個人，落水那個人被六鬚鯰魚拖下水，過了一會，巨鱷悄悄的看著泥濘上的人，不過它沒發動攻擊反而逃之夭夭，因為其他人趕來支援了，也對巨鱷猛烈攻擊。

# 玖：巨鯰戰巨鱷

「那隻鱷魚好大！」范世平說。

「這是空拍畫面，它有十六公尺長。」老賈比著螢幕說。

「這怎麼可能？」河川局林錦昌說。

「眼見為憑啊！」明賢說。

「如果管線沒問題，水應該快沒有了，老賈，麻煩你們看一下水潭的狀況。」胡玉梅說。

「好的。」空拍機很快飛到水潭上方。

「水的深度應該只有三公尺，它們就快藏不住了。」

「趁現在多鋪一些合板，把戰鬥面加大。」王文賓說。

「是，長官。」余天成說。


一個多小時後，水深只剩下兩公尺，空拍的畫面十分驚人，十六公尺長的巨鱷跟十公尺長的六鬚鯰魚在搶位置，因為水只剩下一些，旁邊有三十幾隻長約一公尺的鱷魚、數百隻坦克鴨嘴魚、十多隻兩公尺寬的大螃蟹、幾十隻一公尺長的大蝦子，五公尺長的六鬚鯰魚被巨鱷一口咬斷尾部三分之一的位置，開始掙扎，巨鱷回頭看著十公尺長的六鬚鯰魚，衝向鯰魚，鯰魚

將嘴巴張到最大，竟將巨鱷的頭部吞下，但巨鱷兩隻前腳不斷
掙扎，抓傷了鯰魚，巨鱷的雙腳終於退出鯰魚嘴巴，沒想到鯰
魚再度把巨鱷的頭往肚裡吞，這次巨鱷掙扎的更用力了，很快
就全身退出鯰魚嘴巴中，並張大嘴巴咬住鯰魚的上唇，在淺淺
的水上使出死亡翻滾，鯰魚嘴唇被撕裂，巨鱷此時咬住的面積
更大，再度使用死亡翻滾，鯰魚的頭被扯斷，結束兩隻龐然大
物的戰爭。特種部隊開始朝巨鱷開槍，不過它的皮實在很厚，
一般子彈無法穿透，張良國朝巨鱷投擲手榴彈，沒想到巨鱷尾
巴一掃，手榴彈被彈回臨時步道上方，特種部隊死傷慘重，張
良國的一隻眼睛也被碎片擊中，余天成發射一枚榴彈砲後，嚇
跑了巨鱷，它往上游的方向爬去。

　　「空拍組，報告位置。」王文賓用無線電呼叫。

　　「往上游方向逃去，就快到你那邊了。」

　　「收到。」王文賓拿起一把弓箭，瞄準巨鱷的左眼射出，
只見巨鱷掙扎了一下之後開始亂竄。

　　「老賈，它的眼睛受傷了，盯緊它的位置。」

　　「沒問題。」

　　「它在那裡？」張良國問。

「往上游兩百公尺處的草叢，小心一點，它發狂了。」

「謝謝。」於是特種部隊跟張良國照著老賈指示的位置悄悄靠近巨鱷，王文賓右手舉高並握拳，示意眾人別再前進以免危險。張良國往巨鱷後方扔了手榴彈，巨鱷衝向他，張良國只好跑給巨鱷追，余天成從巨鱷側面朝它後腳猛攻，巨鱷因此停止，把頭轉向余天成，王文賓見機不可失，再度拿起弓箭，朝巨鱷右眼射去，兩眼都已受傷的巨鱷發狂似的亂竄，張良國拿出黃色炸藥，插上引爆器，交給余天成。

「幫我丟，我要按引爆器。」

「沒問題。」余天成往三十公尺外一扔之後就趴下，張良國按下按鈕，一聲巨大的聲響讓全部的人都嚇壞了，空拍機也被爆炸的震波影響，在空中晃動了一下，等老賈回神之後，將空拍機飛到巨鱷上方。

「我是老賈，巨鱷受重傷了，背部的皮已經破一個大洞，子彈可以射穿了。」

「收到。」三個特種部隊跑到巨鱷附近的一顆大石頭上，朝它的背部瘋狂掃射，巨鱷終於死了。當然，也很快就處理掉所有的鱷魚跟大螃蟹、大蝦子、坦克鴨嘴魚。

# 拾：再現受害者

　　第二年的夏天，水位又高漲，一群專門在玩命跳水的外國人看中了一個點，就是女孩自殺的地方、也是小張逞強喪命的地方，一個攝影師到了釣客失蹤的位置架設好三角架，拍攝跳水的畫面，他們顯然不知道這裡曾經發生過什麼事，一個接著一個往水裡跳，總共十幾人，但有人沒有浮出水面，有人浮出水面後被拖進水中，有人浮出水面後卻動彈不得，應該是抽筋，只有一人成功游到對岸，其他的人都不見了。

　　「什麼？」外國攝影師緊張的跑到派出所報案，把剛剛拍到的畫面拿給正達看，正達看了之後心裡涼了半截。

　　「什麼事？大驚小怪的。」劉德義從所長的位置走到正達旁邊。

　　「所長，你自己看吧！死了十三個，都是跳水高手。」

　　「怎麼會這樣？」

　　事情很快就上了電視新聞，陳金海看到電視才想起，巨鱷事件後該去超渡卻還沒去，於是找了六個師兄弟，準備替亡靈超渡。

「這裡怨氣很深，對面是通往陰間的通道。」陳金海站在釣客失蹤的地方，看著對面的懸崖說。

「要先處理那一個？」一個師兄問。

「先招魂超渡吧！對面的通道，必須擺八八六十四的八卦鏡，並且用大型探照燈連續照射四十九天，通道才會消失，所以，要先通知劉所長，封鎖對面一整個區域。」陳金海說。

「萬一還有別的問題呢？」另一個師兄問。

「這裡一定還有大魚、大蝦、大螃蟹，甚至巨鱷的後代。」

「那該怎麼辦？」

「今年一定要封溪，然後在枯水期做地毯式搜索。」

「我們有那麼多資源嗎？」

「放心，我哥哥會處理。」陳金海說。

「可是之前不也是處理過了？」

「那不一樣，特種部隊當時的任務主要是對付巨鱷跟巨鯰，今年除了特種部隊，生物學家才是重點，他們才知道這些生物的後代跟卵在那裡。」

「今年能把問題處理完嗎？」

「唉！天機不可洩露，我們只能盡力而為。」

超渡圓滿結束，通往陰間的通道也封閉了，連河道都封閉了，不過，災難似乎沒有結束。河道附近的住家，開始有小狗、雞、鴨、鵝、牛、羊等動物失蹤，這個問題讓派出所的所長跟正達傷透了腦筋。

　　「可能是大蛇。」明賢語出驚人的說。

　　「什麼？」所長跟正達異口同聲，下巴都快掉下來。

　　「本來大蛇的食物可能來自巨鱷的跟巨鯰的後代，可是我們把它的後代都抓走了，它現在沒有食物來源，又處於快速生長期，所以，說不定連人都吃。」明賢再度語出驚人。

　　「那該怎麼辦？」所長問。

　　「唉！巨鱷跟巨鯰可以靠抽水抓，大蛇的行蹤實在難以掌握，我已經聯絡了蛇類專家，不過，我覺得要找陳金海師傅來，問題才能解決。」

　　「為什麼？」所長問。

　　「聽說他能知過去、未來。」明賢說。

　　「這麼神？」正達一臉懷疑。

　　「請他幫忙找到大蛇是最好的方法。」明賢說。

　　「他願意來嗎？」所長問。

「這裡是他的故鄉，這是個說服他的好理由。」

「好！我立刻打電話。」所長拿起電話撥出。

「劉所長，我知道你想說什麼！」

「金海兄，你知道什麼？」

「天機不可洩露，你準備撤離計劃吧！」

「什麼意思？」

「我的老家、你的管區，即將翻天覆地。」

「可以說清楚一點嗎？」

「我會請我哥哥安排住的地方，你趕快通知居民準備行李，三天內務必全村撤離，封鎖區域從河口到最上游，這裡就要變成戰場了。」

「戰場？」所長愣住了。

「記得，三天內，全村撤離。」

全文完

絕命深潭

吸血樹

# 壹：教授之死

在一片森林中，一群穿著便服的學生約二十人，還有一個教授，他們正在上課，教授正抬頭望著神木，解釋神木的生長過程，忽然間，教授感到身體不適，臉上表情痛苦後倒地不起。

「教授！教授！教授！」一個男學生將教授扶住坐在地上，但教授就這樣死在他的懷裡，他的眼淚奪眶而出，緊緊抱著教授不放。

「是心臟病。」喪禮上，另一個植物系教授說。

「你怎麼知道？」抱住教授的學生問。

「林立，你是張教授二十年來最好的學生，我就告訴你一些重要的事吧！」林立的眼淚仍是不停的流。

「張教授一生最愛的就是植物，他對植物可說是如癡如醉的狂熱，他一直希望把植物研究透徹些，也希望在有生之年找到接棒的人，那個人就是你。」

「為什麼是我？」林立擦去眼淚問。

「他是你的父親，十八年前，妳的母親林淑珍因為受不了張教授日以繼夜的研究植物，跟教授離婚了，也帶走了只有三

歲的你，在你十歲那年，你的母親在去世之前，把你交給教授，對嗎？」

「沒錯。」林立點點頭。

「張教授曾經交待過，如果有一天他死了，必須將他的研究交給你，還要我告訴你，你們是父子的關係。」

「為什麼不早告訴我？」

「他認為他愧對你跟你母親，不敢面對你。」

「所以，他對我好並不是因為我很用功？」

「話不能這麼說，你很聰明，也很喜歡植物，不是嗎？」

「沒錯。」

「這一點，你跟張教授幾乎一模一樣。」林立點頭。

「為了讓你對植物更了解，你從十歲就一直跟著他在各地跑來跑去，對吧！」林立點頭。

「家裡書架上那些書也是為你準備的。」林立還是點頭。

「我很抱歉，要在這樣的狀況下告訴你這些事，這是我的電話，等你準備好了，就來找我，我要幫你辦理繼承。」

「謝謝教授。」

回到家中的林立，癡癡地望著書架上幾百本有關植物的書，拿出其中一本並坐下，書名是「食蟲植物。」，作者是張天樹，也就是他的父親，這是他第一次翻閱這本書，因為林立想了解他的父親到底在忙些什麼？翻著翻著，已經是凌晨兩點半，他累了，坐在沙發上睡著了。睡夢中，他最深層的記憶被喚醒了，三歲的他被父親抱起，並往上拋又掉進父親的手中，父親的樣子清晰可見，一旁的母親卻是模糊的，接著是父母親吵架的畫面，母親大吵大鬧之後把一棵豬籠草丟在地上，父親默默撿起豬籠草，低頭不語。當他醒來的時候，已是凌晨五點半，窗外是一群麻雀吱吱喳喳，遠處還有白頭翁的叫聲。

　　於是林立把張天樹所寫的七本書都拿出來，其中一本是「生命之果。黑莓」，裡面有一張發黃的相片，是父親抱著他，還有母親的合照。翻了一整天的書之後，他決定立即去找徐教授，除了辦理繼承，他更想知道父親做過些什麼？正在研究什麼？可以接手嗎？於是他拿起電話。

　　「徐教授，現在方便見面嗎？」

　　「我在實驗室等你。」

# 貳：研究計劃

「坐啊！」實驗室裡，徐教授跟林立見面了。

「教授好。」

「這是你父親正在執行的研究計劃。」徐教授拿出一本厚厚的企劃書，遞給了林立。

「這麼多？」

「不止，還有那些是他畢生的研究。」徐教授比著書櫃裡的幾十本研究成果。

「我懂了，我該怎麼做？」

「我跟贊助商說過了，由你接手無人島上的計劃。」

「我不懂？」

「就是這本企劃書，裡面寫的很清楚，如果你願意的話，你跟你的同學，未來三到五年都將在這個無人島上研究，那裡的生活設備都已經完成，就等你們答應。」

「學費跟生活費呢？」

「由贊助商全部支應，還付你們薪水跟獎金。」

「我們要在那裡生活五年，這是很長的時間。」

「我有家室，所以我不能去，而你是最適合的人選，別擔心，贊助商會派人負責你們的三餐，你們一個月可以回家一次，重點是待遇不錯，一個月薪水三千美元，獎金有可能超過十萬美元，這種機會可不是人人都有。」

　　「我是沒問題，只是同學那邊不知道情況如何？」

　　「除了兩個女生轉班到我這裡，其餘十五個人都已經答應，只差你了。」

　　「原來他們都已經決定了，那我更不能放棄了。」

　　「對了，到那邊之後，你們直接對贊助商的團隊報告，把副本寄回來學校就行了。」

　　「考試呢？」

　　「放心吧！只要你們的研究準時交，我保證你們都可以領到畢業證書。」

　　「論文呢？」

　　「你們的研究就是了，還有什麼問題？」

　　「什麼時候出發？島在那裡？」

　　「一週後出發，在關島北邊、塞班島南邊，島名叫做阿吉甘，Aguijan，只有七平方公里，搭飛機到塞班島之後，再搭直昇機過去島上。」

「哇！那麼遠！」

「你可以選擇不去啊！」

「那怎麼行，這是我父親的研究計劃。」

「很好，看來你已經準備好了。」

　　回到家的林立，開始翻閱研究計劃，上面有阿吉甘島的地圖、建築物所在位置、直昇機起降場、海水淡化廠、灌溉系統、開放式牧場、主要的研究項目是黑莓、授粉昆蟲、食蟲植物、植物基因改造、增加生長速度、增加產量等等。林立花了幾個小時才將幾百頁的企劃看完，原來，這是個大型的商業計劃，最終的目的是能夠讓黑莓的產量擴大，其他的項目應該都只是附加的。

　　他仔細的看了黑莓的功效，除了豐富的維生素 C、纖維素、單寧酸、花青素、原花青素、葉黃素、葉酸、SOD、硒等，其中的 C3G 黃酮類化合物可以治療肺癌跟皮膚癌，還有微量元素錳，也是傷口癒合藥，硒有助於控制糖尿病與穩定血糖，黑莓除了是生命之果，也是心臟守護神，而企劃的最後一頁，贊助商就是一個國際藥廠，林立似乎已經知道這個研究的真正目的了。林立忽然想起喪禮上那一幕，心臟守護神？既然父親知

道黑莓對心臟很好，那為什麼又會死於心臟病？林立的心中充滿了疑惑，他已經迫不及待想到阿吉甘島了。

## 參：無人島的秘密

隨行的還有別人，上機前，大家自我介紹。

「大家好，我是廚師林志強，你們可以叫我強哥。」

「我是醫師兼護士，李政哲。」

「電腦工程師，楊三郎。」

「牧場管理員，劉志民。」

「電機電力都是我管的，葉俊雄。」

「灌溉系統跟海水淡化系統，陳義宏。」

「數據分析師，蔡美玲。」

「土壤改良師，彭建國。」

「森林系，林立，研究團隊代表，他們是我的同學。」

「大家好，我是廖玉芬，是健益藥廠的代表，也是各位的主管，有任何需要或事情，麻煩跟我說，謝謝！」

他們在高雄機場上了飛機，整架飛機被包下來了，經過三個半小時的飛行，飛機降落在塞班島。接著二十五人分別上了三架直昇機，十多分鐘後便抵達，從空中往下看，整座島除了宿舍、研究中心、牧場、直昇機起降場，都已長滿植物，跟地圖上的樣子不太一樣。把東西都拿到定位之後，眾人在會議室做第一次的會議。

「雖然島不大，離開建築物的範圍都必須至少三人同行，晚上請勿離開建築物範圍，以免發生危險。」廖玉芬說。

「是有野獸嗎？」林立問。

「不是，因為目前島上的植物都已經長得很高，所以在搜救的時候只能靠地面，從空中幾乎看不到。」

「你是不是隱瞞了什麼？」林立又問。

「沒有，只是怕你們萬一受傷回不來，要把人抬回來的話很麻煩而已。」

第二天早上，林立帶著十個男同學、五個女同學往島的西邊進行堪察。大約走了六百公尺，林立被一棵二公尺高的茅膏菜嚇到了，一般的茅膏菜不可能這麼大，但這是事實，他沒看錯，接著他們繼續往西走，卻沒發現少了一個男生，他跑到隱

蔽的地方上廁所，被巨大的捕蠅草抓住了，他越掙扎，捕蠅草反而越縮越緊，最後被壓到昏厥。

走著走著，最前面的兩個男生突然分別掉進洞裡，林立一看，竟然是三公尺高的豬籠草，裡面的積水超過五十公分高，接著兩人開始慘叫，他們的腳被腐蝕了，站不住之後便整個人倒下，沒多久就只剩下可怕的肌肉外露，臉上的肉已經全都不見，只剩下頭骨。

「別過來，這裡很危險。」林立大叫，一個女生因為害怕向旁邊退了兩步，也是掉進豬籠草裡面，來不及被救，她也只剩下屍骨。另一個女生害怕的抱住她身旁的男生，男生沒有心理準備，失去重心，兩人跌倒後同時跌進另一個豬籠草裡面，當然，結局也是慘死。

「別動，這裡的地面是空的，還有有很多豬籠草。」林立又大叫。

「那怎麼辦？」一個男生問。

「注意腳下，在身旁找一根樹枝，把樹葉撥開，然後退回去。」林立說。於是剩下的十個人把樹葉撥開之後，發現他們分別站在倒下的三棵大樹上，大樹下方是一個直徑約二十公尺的水潭，上面都是落葉。

　　「小心走，別掉下去了。」林立叮嚀眾人。經過剛才的教訓，林立決定讓眾人成一直線，慢慢走回去，這時他發現已經迷路了，地上走過的痕跡不見了，他抬頭想看陽光的方向，不過現在是中午，太陽在頭頂。

　　「休息一下吧！現在分不清方向。」但老天爺似乎在跟他們作對，一大片烏雲將整座島都遮蔽了，他們只好冒險往回走，但方向並不是很確定。

　　「沒有帶指南針嗎？」一個女生問。

　　「都掉進豬籠草裡面了。」林立答。

　　「你打算怎麼辦？」那女生又問。

　　「先想辦法回去。」林立答。

　　「那幾個掉下去的同學都不管了嗎？」那女生比著豬籠草方向問。

　　「曉薇，他們都死了。」

　　「我不信，豬籠草而已。」

　　「那不是一般的豬籠草，它們的腐蝕液很可怕的。」

　　「所以，你打算把他們丟在那裡？」

「我也不想啊！他們都是我的好同學兼死黨。」這時下起了大雨，眾人連忙穿起雨衣。就在穿雨衣的同時，兩個男生身後的巨大捕蠅草將他們緊緊抓住，並殺死他們，由於雨聲太大，兩人的求救聲並未被其他人聽到。當林立在點人數的同時，一顆跟籃球一樣大的果實從天而降，落在他面前三十公分，然後幾十顆果實幾乎同時從樹上掉下來，其中一個男生被擊中頭部跌倒，不偏不倚被捕蠅草抓住，另一個女生拔腿就跑卻被雨衣絆倒，整個人被茅膏菜黏住，動彈不得。

# 肆：消失的救援隊

林立決定讓眾人留在原地不動，以免又發生傷亡，於是他們就這樣站在雨中兩個小時，研究中心的廖玉芬開始擔心學生們的安全。

「找救援隊幫忙吧！」劉志民說。

「好吧！沒想到他們來第一天就出事了。」廖玉芬說。

救援隊從塞班島搭直昇機到阿吉甘島，共二十三人的隊伍，大多數是三十多歲的金髮男人，身材都很壯碩，三個黑人也是，

還有兩個二十多歲的金髮美女，他們降落之後跟廖玉芬談了約兩分鐘就開始搜救行動。

帶頭的男人看著泥濘的地上，不禁皺起眉頭，因為能夠追蹤到的線索都不見了。他們知道島上有奇怪的東西，所以沿路都留下標記，並標上號碼，就這樣緩慢搜索了一會。

「雨停了，要往回走嗎？」一個男生問林立。

「我們慢慢往回走，不過，要成一直線，一個跟一個，你們辦得到嗎？」林立望著狼狽不堪的同學們點頭。

而救援隊的行動非常不順利，才走了兩百多公尺，就有人被捕蠅草抓住，雖然他試圖用刀子讓自己逃脫，不過捕蠅草巨大的壓力很快就讓他昏厥，這時一把開山刀從葉子根部切斷了捕蠅草，但已經來不及，他們損失了一個同伴。接著聽到了尖叫聲，因為有人掉進了豬籠草內，沒幾秒就沒聲音了，因為太痛而昏厥。眾人開始提高警覺，此時有人被帶刺的藤蔓捕捉，他來不及尖叫，被拖行了五公尺後，這人的頭部撞到石頭而失去意識，另外三人也遇到類似的狀況，被帶刺的藤蔓拖行，藤蔓似乎有意識的樣子，竟然會旋轉並把人勒死，他們在死前都因為很痛而大叫，趕來幫忙的人又有五人被藤蔓拖行，就這樣，

救援隊全都跑往一個方向，混亂中又有人掉進豬籠草內，他是幸運或是不幸呢？金髮美女手持開山刀砍斷支撐的部份，豬籠草倒下，那人的小腿已經剩下骨頭，倒下的時候，上半身也被腐蝕了一部份，臉部也是，所以露出了一部份的牙齒跟頭骨，樣子相當可怕，由於相當疼痛，掙扎了幾秒就不支倒下，金髮美女蹲下將他拉出豬籠草後發現右腿只剩下骨頭，她拿出手槍朝同伴的頭部開槍，減輕他的痛苦，另一名金髮美女示意往尖叫聲的方向繼續前進。

　　林立等人好不容易回到研究中心，十六個人出門，只剩七男三女回來。

　　「其他人呢？」廖玉芬問。

　　「都死了。」林立說。

　　「有遇到救援隊嗎？」

　　「有聽到零星的尖叫聲，不過我們已經很累了，所以沒有理會。」

　　「這下糟了。」廖玉芬臉色鐵青。

　　「妳到底有多少事瞞著我們？」林立大發雷霆。

「你兇什麼？你以為這些可怕的植物是我造成的嗎？你錯了，是你的父親張天樹的傑作啊！」

「別吵了，我們的救援隊全死了，這筆帳怎麼算？」兩名金髮美女這時回到研究中心。

「全死了？」廖玉芬愣了一下。

「沒錯，那些該死的豬籠草、捕蠅草還有不知名的藤蔓，妳不能做主的話，我就直接跟威廉將軍報告了。」

「也只好如此了。」廖玉芬低頭回答。

「那我們呢？」林立問。

「我會安排你們回台灣的。」

# 伍：研究助理的良知

「你是林立？」一個年約三十的女人問。

「是的。」餐廳裡，學生們狼狽不堪的用餐。

「我是蔡美玲，除了分析數據，也是你父親的研究助理，我知道是怎麼一回事。」

「妳說吧！同學們都在聽。」

「那些豬籠草、捕蠅草、茅膏菜都經過基因改造，是美國政府出資，委託你的父親研究的，據說是要做為軍事用途，但很不幸的失敗了，它們不止長的很快又很大，我們已經無法控制它們的生長範圍。」

　　「藤蔓呢？」金髮美女問。

　　「應該是黑莓。」林立說。

　　「它們好像有意識？」金髮美女說。

　　「因為它們加入了鯰魚的基因，任何的震動都可以讓它們正確判斷獵物的位置，也因為鯰魚的凶殘本性，讓它們跟鯰魚一樣貪吃。」

　　「為什麼黑莓要改成這麼大顆？」另一個金髮美女拿了一個籃球大小的黑莓放在餐桌上。

　　「黑莓是生命之果，也是心臟守護神，藥廠認為有利可圖，可惜加了鯰魚的基因之後，營養成分全亂了，保護心臟的元素含量大減，而且會產生對心臟有害的毒素，林立的父親在不知情的狀況連續吃了幾個月的黑莓，心臟病發死了。」

　　林立跟其他人暫時被安置在塞班島，大約五百名美軍進駐阿吉甘島，由於研究中心的宿舍不夠大，所以很多軍人必須住

在帳篷內，上廁所就是自己找個沒人的地方解決，這些軍人雖然訓練有素，但他們不知道黑莓的可怕，所以一晚就失蹤了十幾人，第二天早上點名的時候，威廉將軍知道了之後，也只是提醒眾人要小心，就讓軍隊進入森林，沒人知道他們要找的是什麼？只有幾張照片，但他們對這些植物沒有概念，並不知道有多大，有什麼樣的殺傷力。

當軍隊開始往森林深處進入的時候，尖叫聲再度四起，幾種食肉性的植物大開殺戒，才一會的時間又損失了數十個軍人，威廉將軍發現不對，急忙召回林立、蔡美玲、廖玉芬。

「根據我父親的研究計劃書記載，有茅膏菜、捕蠅草、豬籠草、黑莓，還有一種不知名的植物，沒有資料，只提到它可能有意識、具有獵食動物的類似動作，極度危險。」

「前面四種我們今天都遇到了，兩天就害我們損失了五十八個人。」威廉將軍說。

「我擔心的不是這前面這四種，因為第一批研究人員，在它們還沒長大的時候，就遇到了最後一種植物的猛烈攻擊，除了張天樹博士跟我距離比較遠，其他的人都死了，而且死狀極慘，這是我用類單眼拍到的畫面。」蔡美玲拿出相機，螢幕上顯示一具屍體，皮膚下的組織似乎只剩下骨頭。

「這怎麼可能？」威廉將軍驚訝的說。

「我本來也不信，不過，眼見為憑。」蔡美玲說。

「這是怎麼一回事？合約上沒有這種植物吧？」威廉將軍看著廖玉芬。

「我不知道，唯一可能知情的張天樹已經死了。」廖玉芬雙手一攤，看樣子是真的不知情。

## 陸：巨型黑莓

有了前兩天的慘痛經驗後，軍隊前進的速度放慢了，很多人的手上都有一把開山刀，看到那幾種肉食性植物便砍斷它們，忽然間，天上掉下一棵黑莓，接著連續掉了數百個黑莓，有的軍人被砸傷，一個年輕的軍人拿起步槍往天空瘋狂掃射，數千個黑莓從天而降，眾人無處閃躲，只能承受這一顆就重達數公斤的果實，然而真正致命的不是果實，而是帶刺的藤蔓，數十名軍人同時被拖走，尖叫聲四起，有人幸運獲救，同伴砍斷藤蔓，只是傷痕累累，也有人當場慘死。

在損兵折將的狀況下，軍隊繼續前進，大約在島的正中央，滿地的黑莓，眾人只注意到腳下，沒想到這棵黑莓的高度已達

五十公尺，藤蔓竟從天而降把人捲在半空中，尖叫聲四起也只不過是幾秒鐘內的事，威廉將軍抬頭一看，三十多名軍人吊在半空中，一名槍手瞄準藤蔓射擊卻引來自身的危機，他自己也被捲上去。

「瞄準樹幹射擊。」威廉將軍說完，眾人朝樹幹位置瘋狂射擊，甚至有人拿出火箭筒朝樹幹發射，樹終於在三分多鐘後倒下，不過那些被吊在空中的軍人早已斷氣。

「清點人數。」威廉將軍說。

「傷兵十四人、死亡六十五人，兵力剩三百六十四人。」一名少尉過了一會後回答。

「這裡到底是什麼鬼地方？竟然有這麼可怕的植物。」威廉將軍說。

「這裡確實是鬼地方，二次大戰的時候，據說這個島處決了一些人，有些人則是跳進海裡淹死。」少尉說。

「我怎麼不知道？」威廉將軍說。

「文件是最近才解密的，昨晚才送到，那時候您已經睡了，今天忙了一天，還沒空跟您報告。」

「原來如此。」

「先暫時不前進，這些大型黑莓樹太可怕了，還有，把爆破隊調過來，看有什麼方法不靠近它們，就可以把樹炸掉。」

「我立刻做。」

「弓箭手科爾報到。」

「爆破員史密斯報到。」

「兩位有什麼好方法？說來聽看看。」威廉將軍問。

「把塑膠炸彈綁在弓箭上，射中樹幹後再引爆，最多二次射擊就可以解決一棵樹。」史密斯說。

「你辦得到嗎？」威廉將軍看著柯爾。

「沒問題，找一個人幫我背箭吧！這樣我可以更準。」科爾比著身旁的六桶箭。

於是軍隊的前進速度放得很慢，除了用刀砍那幾種肉食性植物，史密斯將塑膠炸彈跟引爆器綁在箭上，柯爾朝黑莓的樹幹射箭，然而史密斯引爆，部份的人拿電鋸清出通道，就這樣花了一整天，終於前進到島的正中央。而有一個神秘人物，一直在採集這幾種植物的果實或樣本，瞞過了所有人，他到底想做什麼？沒有人知道。

# 柒：吸血樹

　　天黑了，軍隊紮營在一處平坦的區域，這裡原本是黑莓樹的樹下，看起來沒有什麼問題，只有四個衛兵，眾人用餐後都已入睡，一名衛兵點了煙後往旁邊走去，拉開褲子的拉鍊準備上廁所，他的腳下似乎有什麼東西纏住了他的腳，忽然間他覺得非常疼痛，像是被數百根針刺中的感覺，他痛得喊不出聲音來，接著就跪地不起，此時全身被十幾根帶刺的藤蔓纏住，那些刺的密度非常高，有點像仙人掌但更密，接著那些刺就刺進他的皮膚，他的血液迅速被吸走，藤蔓呈現微微的血紅色之後放開了他，不過這個士兵已經死了。

　　另外三個衛兵發現少了一個人，分別拿起手電筒往營地外圍走去，結果就跟剛剛那個衛兵類似，被幾十根帶刺的藤蔓纏住，不到一分鐘，血就被吸光，其中一人尖叫後吵醒了部份的人，跑到他身邊了解狀況的人也是很快就倒地。

　　「全都別動，注意腳邊的植物。」少尉大喊，但藤蔓似乎到處都有，瞬間，藤蔓似乎是有意識的同時攻擊，數十名軍人倒地後就被吸乾身上的血，尖叫聲夾雜著哀號聲。

「拿刀砍斷它們。」少尉又大喊，但藤蔓就像是有意識般，只攻擊沒有拿刀的人，這些拿刀的軍人用力幫別人砍斷藤蔓的同時，卻不知自己的雙腳已經被纏住，沒多久也倒地不起，這一波的攻擊讓軍隊死傷慘重，幸運逃過的人只有一半左右。

睡在帳篷內的史密斯拿著塑膠炸彈亂扔，只要那個方向沒有人，不過效果似乎不好，當他回過神，又有不少軍人倒地，終於，藤蔓的攻擊停止，威廉將軍臉色蒼白，他的右腳被三條斷掉的藤蔓纏住，他手上還拿著一把開山刀，旁邊不少人也是這樣，部份的人因為失血過多逐漸昏厥而死。

「點名。」威廉將軍說。

「只剩九十三人。」少尉說。

「這到底是什麼鬼東西？」

「應該是吸血樹。」林立說。

「吸血樹？」威廉將軍跟少尉都一臉疑惑看著林立。

「相傳，部份植物遭受冤魂附身之後，便會化成吸血樹，只要有哺乳動物靠近，就會被吸乾，這裡的牧場，所有的牛跟羊都是這樣死的。」

「有辦法殺死它嗎？」威廉將軍問。

「沒辦法，控制植物的其實是人的靈魂。」

「這怎麼可能？」

「本來我也不相信，不過，去年我遇到了一個奇人：陳金海。」

「你好，請問大哥，你在做什麼？」林立問。

「你先退一邊，這裡很危險。」陳金海跟一位師兄正在對一棵樹施法術，一位助理放出一隻小羊，小羊被纏住之後陳金海手持飛旋銅劍砍斷藤蔓，接著拿起葫蘆將樹裡的冤魂吸了出來。

「年輕人，你來這裡做什麼？」

「我叫林立，來這裡研究植物的。」

「這裡你不該來。」

「為什麼？」

「這片樹林以前發生過戰爭，總共有幾百人死在這裡，他們很多都是失血過多而死，這些冤魂會附身在植物上，也就是會變成吸血樹」

「真的嗎？」

「剛剛如果我不出手，那隻小羊必死無疑。」

「那你們來做什麼？」

「把這些冤魂超渡，不願屈服的就只好讓它灰飛煙滅。」

「原來如此，那超渡以後，我可以來研究植物嗎？」

「暫時不行！這裡的怨氣很重，可能已經有部份靈魂變成樹妖了，只靠我們幾個是對付不了的。」

「那你們等一下有時間嗎？我想多了解吸血樹。」

「沒問題，不過你只能當成自己的筆記，不要寫在研究裡，不然會被當成精神病。」

「這我知道。」於是陳金海跟林立等人在一處咖啡廳裡談了好幾個小時。

# 捌：火燒無人島

「你的意思是攻擊我們的是那些冤魂，而不是植物嗎？」威廉將軍問。

「可以這麼說，植物比較像是被寄生而已。」林立說。

「好，那我們就沒有必要再把時間跟人命浪費在此。」

「你想怎樣？」林立問。

「用火把這個小島燒得一乾二淨。」

「我沒意見，反正這裡已經沒有我想要的。」

「好，那就準備撤離吧！」

　　於是倖存的人拖著疲憊的身軀與沉重的心情離開，他們搭上直昇機後，在空中看著一半是光禿禿，一半是茂密森林的阿吉甘島。

「種子跟幼苗都搜集完成了嗎？」威廉將軍在塞班島的辦公室裡。

「報告將軍，都齊全了。」神秘人說。

「有把握在短時間內大量培植嗎？」

「沒問題。」

「好，弟兄們的犧牲沒有白費，你明天就去菲律賓，我已經安排好一個島，讓你繼續這個計劃。」

「這幾種植物這麼危險，為什麼還要留著？」

「如果你能在敵軍的境內撒下大量種子，並在短期內成長，造成的殺傷力跟恐懼感可想而知。」

「原來是戰略考量，我懂了。」

「這件事是機密，只有少數人可以參與。」

「將軍放心，我的團隊都很愛國。」

「好，我的前途就靠你了。」

「將軍客氣了，沒有你，我還是個教授的助理，怎麼可能主持這麼大的計劃。」

「哈～～～」兩人都笑得很開心。

「務必把整個島燒個清光，我要它寸草不生。」威廉將軍對著四個攻擊機飛行員說。

「沒問題，我們的燃燒彈可以完成任務的。」其中一個飛行員說。

兩架攻擊機從塞班島起飛，很快就到達阿吉甘島附近。

「我負責南邊，你負責北邊，我們同時投彈。」

「你是老大，都聽你的。」

「五、四、三，投彈。」數十枚燃燒彈從天而降，阿吉甘島瞬間陷入一片火海之中，兩架飛機回頭確認了整個島都在燃燒之後，便回到了塞班島，由於島上都是植物或是易燃的落葉，很快就烈燄沖天，但有些黑莓樹已經長得非常高，所以燒了很

久，三天後，一場雨澆熄了餘燼，原本是綠油油的阿吉甘島變成了灰黑色的無人島。

不過許多植物的特性便是種子不怕火燒，於是在雨後便長出了新芽，四種肉食性植物都存活了，數量最多的黑莓種子，有幾顆隨著燃燒的煙飄向東北邊的天寧島與塞班島，最後落到了島上，也發了芽。

「很抱歉，造成了這麼多的傷亡。」機場旁，林立說。

「這是他們的宿命，軍人為國捐軀很正常，你不要自責。」威廉將軍說。

「如果有植物方面的問題，歡迎你隨時找我。」

「沒問題。」於是林立等人回到台灣。

## 玖：冤魂大鬧塞班島

原本附在吸血樹上的三十多個冤魂，隨著直昇機來到了塞班島，帶頭的早已成妖，它看到島上的冤魂四處游盪，多半是日本兵或是日本人，還有一些是美軍，於是報仇的計劃開始了。

美軍的冤魂開始莫名的附身在美軍或歐美觀光客身上，日本兵則附身在一萬多名華裔身上，這些人集結在美軍基地外。

「今天，我讓大家有了新的身體，但我們不該就此滿足，我們的敵人就在基地裡面，該是把勝利要回來的時刻了。」吸血樹妖原本也是日本軍人，被抓到阿吉甘島上嚴刑拷打，最後失血過多而死，一想到這段仇，他的臉上充滿憤怒。

「把美國人殺光！」吸血樹妖大喊。

「把美國人殺光！」一萬多人也跟著大喊，然後就衝向美軍基地，但被附身的人沒有致命的武器，只有棍棒跟刀，很快就有人被美軍擊斃，不過由於人數太多，持槍的美軍一下就被包圍，並被亂棍打死。經過一個多小時的混戰之後，美軍被全數打死，只剩下威廉將軍。

「你們是誰？為什麼要殺我們？」威廉將軍拿著手槍對準吸血樹妖。

「哈～～～你燒了我的島，你還問我是誰？當年美國人殘殺了島上的五萬多個日本軍人跟居民，有任何愧疚嗎？」

威廉將軍朝吸血樹妖瘋狂開槍，直到子彈用盡還繼續扣板機，此時的他臉上只剩驚恐。

「把他吊起來，慢慢折磨到死。」身上五個彈孔的吸血樹妖並不受影響，因為這個身體只是被借用。

消息還是被傳遞到世界各地，也包括林立跟陳金海。

「為什麼會這樣？」林立問。

「第二次世界大戰，塞班島死了五萬多人，大部份是日本人，吸血樹妖是日本的指揮官：藤田。」陳金海說。

「你怎麼知道的？」

「我也是剛調查完才曉得的。」

「怎麼調查？」

「年輕人，我懂的很多事，是科學無法解釋的。」陳金海微笑說。

「怎麼說？」林立一臉疑惑。

「在我能量足夠的狀況下，我可以回到過去或未來的時空，看到我想要的答案。」

「這麼厲害？」

「其實這讓我很痛苦，日子也變得很無聊，一個知道自己全部未來的人，能不無聊嗎？」

「說的也是，那這件事要怎麼解決？」

「美國那邊，你有認識的金髮美女，找她當中間人，說服美國政府出錢出力，全力配合我跟師兄弟，把這些怨氣很深的日本冤魂跟美國冤魂都收服，否則永無寧日。」

「她們兩個？」

「不，只有珊迪，她的父親是上將，好好利用這個關係。」

「我知道了。」

「還有一件事。」

「什麼事？」

「你父親研發的肉食性植物。」

「不是全燒光了？」兩人談了許久。

## 拾：是落幕還是災難的開始？

陳金海跟師兄弟們搭了三部專機，一百多人的收妖團隊浩浩蕩蕩來到塞班島。

「你們看。」陳金海比著天空。

「好重的怨氣。」一個師兄對身旁的陳金海說，眾人則望著天空，心情非常沉重。

「五萬多個冤魂，夠你們忙好幾天了，不過，我們必須先處理帶頭的藤田，把他處理了，我們的工作才能順利。」

陳金海很快就找到了藤田，不過此刻的他很難纏，因為他附身在一棵大榕樹裡，當眾人一靠近，榕樹的鬚竟然變成吸血的工具，一個年輕的道士差點成為他的點心，只見飛旋銅劍斬斷榕樹鬚之後迅速回到陳金海手上。

「保持距離，用圍攻的。」陳金海說完，九十五人圍成一圈，每個人開始結手印，不久後藤田能量被吸光，抵擋不住而現出了原形，一位師兄立即拿起葫蘆將他收入。接下來的三天，眾人將整座島都翻了一遍，確定所有冤魂都被收服才準備離開。

菲律賓的某個小島，神秘人的研究計劃持續進行，他把四包種子交給一個中國人。

「在這些區域，照著說明種植該有的數量，完成之後就可以得到一百萬美元。」

「範圍這麼大，我需要很多錢來完成。」兩人看著地圖上的中國。

「沒問題，這是訂金，二十萬美元，夠你完成任務了。」

「我走了，還有什麼事嗎？」

「沒有了。」

幾個月後，中國陸續傳出有民眾在森林中失蹤的事，終於，事情還是傳到林立眼中，他找來陳金海商量此事。

「我該怎麼做？」

「用你在島上的經驗，還有你父親的書。」

「可是，中國會接受我的意見嗎？」

「這你不用擔心，我們都是炎黃子孫，況且，我的九五幻術會裡，也有中國的師兄弟，他們認識不少高官。」

「原以為事情已經結束，沒想到現在的範圍竟然已經這麼大，大到難以收拾。」

「別氣餒，這是你揚名立萬的好機會，對了，美國那邊，你還要再聯絡珊迪，你要想辦法說服她的父親，停止對中國的計劃，否則兩國可能會打起來。」

「我不懂？」

「珊迪的父親是這件事的主謀，你要讓他知道，他的計劃會造成全球的災難，死亡的人數將超過百萬，包括五十萬的美國人。」

「為什麼連美國人也會死？」

　　「如果中國知道了這件事的主謀是美國，不會以牙還牙嗎？」

　　「說的也是。」

　　就在兩人討論事件的後果時，神秘人又將種子交給了一個黑人跟中東人，他們很快的把種子種植在指定的區域，而中國出動了數十萬大軍，一棵接著一棵的除去這些肉食性植物，另一方面，也把種子交給三個華裔，分別從邁阿密跟加州偷渡入境，幾個月後，美國也開始傳出災情，兩國之間似乎不願談判，誰也不肯妥協，第三次世界大戰似乎將一觸即發。

　　「陳師傅，你怎麼看後續的發展？」林立問。

　　「天機不可洩露。」

　　「難道沒有轉圜的餘地？」

　　「你願意犧牲嗎？」

　　「我不懂。」

　　「你要跟珊迪結為夫妻，並生一個小孩，珊迪的父親看到你們的小孩後，自然會放棄對東方的野心。」

　　「這麼簡單？」

「並不簡單好嗎？珊迪的追求者很多，你要怎麼在短時間內打敗他們並且結婚生小孩。」

「說的也是。」

# 生化巨蟒

# 壹：撤離家園

　　發生巨鱷與巨鯰事件的村莊，接受了驅魔大師陳金海的建議，開始撤離家園，大部份的人都開始打包，能帶走的都帶了，不過，有一位住在上游的老人，沒有電話，警員陳正達只好騎著機車，經過蜿蜒的羊腸小徑到他的家，不過沒人在，仔細一看，門沒鎖，但門上已經有許多蜘蛛網，陳正達從地上撿起一根樹枝，將蜘蛛網撥掉，拿起手電筒進入屋內搜尋，不過屋裡沒有屍骨，所有的傢俱上已經有一層厚厚的灰塵，陳正達知道情況不妙，於是到屋外的菜園跟果園碰碰運氣，才走了十幾公尺，地上的東西讓他大吃一驚，是蛇脫去的皮，但太大了，抬頭一看，蛇皮的長度至少延伸到五十公尺外，蛇身的直徑至少一點五公尺，陳正達臉色鐵青，立即跑向機車，發動之後就全速逃跑。

　　「所長，大事不妙了。」派出所裡，正達說。

　　「怎麼了？」所長問。

　　「那條蛇，至少有五十公尺長。」

　　「開什麼玩笑？」

「是真的，蛇皮就在老王家的果園裡，我猜，老王已經被它吃了，還好我逃出來了。」

「看來陳金海大師的預言要成真了，這裡就快要變成戰場，還有誰沒走的？」

「都走了。」

「那我們也離開吧！等等拉上封鎖線，再用拒馬擋住馬路，然後就趕緊離開了。」

「我知道了。」

五十多公里外的一棟大樓，一樓的會議廳裡外共有兩百多人，是撤離家園的那些人。

「大家好，我是派出所所長劉德義，很抱歉要你們放棄家園，住在這裡，在大蛇沒有抓到或是殺死之前，任何人都不要冒險回去。」劉德義拿著麥克風對眾人說。

「萬一大蛇一直抓不到，我們要靠什麼生活？」一個中年男人問。

「陳山海立委除了幫各位爭取到住的地方，也已經幫各位安排了工作，還有一年的生活費補助，萬一各位的家園毀壞了，他也會幫助各位恢復的。」

「那要多久？」這男人又問。

「坦白說，我不知道！那條蛇很大，應該不好應付。」

「不過是蛇而已，我不信它能長多大！」這男人說。

「它至少有五十公尺長，光頭部就跟一部轎車一樣大，也許更大。」陳正達說。

「怎麼可能？」這男人說完之後，眾人議論紛紛。

「是真的！」吳興邦博士接過麥克風後開口了。

「我很抱歉，當年的實驗，讓這條蛇可以無性生殖，為了要拿它的皮做皮包，我讓它的生長速度加快了至少十倍，也就是說它可以長到一百五十公尺到兩百公尺之間，甚至三百公尺都有可能，最糟糕的是它已經具備繁殖能力了。」

「這麼大？」陳正達自言自語，慶幸自己逃過一劫。

「還有什麼問題嗎？」劉德義問。

「我們家有七個人，這房子夠我們住嗎？」一個老人問。

「沒問題，我可以多安排一戶給你。」

「還有其他問題嗎？」劉德義又問，不過沒人發問。

# 貳：牧場驚魂

位於深潭下游約十公里的一處牧場，一望無際的草地，數百頭黑白相間的乳牛正低頭吃草，兩名工人正在幫其中一頭擠奶，其中一人看著草地上的乳牛，忽然間，大蛇出現在兩百多公尺外。

「阿彬，等一下再擠，快起來看。」看著牛群的人說。

「什麼事大驚小怪的？」

「快看就對了。」他搖了阿彬的肩膀。

「那是什麼？」阿彬似乎有點呆住了。

「應該是蛇，可是也太大了，快跑吧！」於是兩人拔腿就跑，連擠奶器都沒取下。

「老～老闆，大～大～大～大蛇。」阿彬結巴地說。

「什麼大蛇？阿國你說。」老闆指著另一個員工。

「草地上有一條大蛇。」阿國說。

「蛇有什麼好怕的？」

「那條蛇有一百公尺長啊！」

「你騙誰啊？怎麼可能！你們是不是想偷懶？」

「老～老闆，後～後～後面。」阿彬結巴並比著蛇說，老闆轉過身去時嚇得一直發抖，那條蛇在五十公尺外，正在吞食一頭乳牛。

「快～快～快逃吧！」阿彬依舊結巴，三人跑向一部休旅車，阿國開車，直奔派出所，不過路已經封鎖，他們只好折返，開往市區的分局。

「我要報案。」阿國說。

「看你們三個臉色鐵青，發生什麼事了？」值班員警問，阿國一五一十的說了剛剛的經過。

「你們等一下，先旁邊坐一下。」值班員警向內招手。

「我是所長林義全，三位有什麼事？」

「我是開心牧場負責人郭鎮平，阿國你說。」

「我們的牧場出現一條一百公尺長的大蛇，剛剛吞了一頭乳牛，我建議你們封鎖附近的所有道路。」

「開心牧場？那裡離這裡有五十公里遠，怎麼不就近報案？跑這麼遠？」林義全一臉疑惑看著三人。

「那裡的路已經封鎖，聽說已經全村撤離。」阿國說。

「你們確定那條蛇有這麼大？」林義全還是一臉疑惑。

「當然確定，它的身體直徑超過兩公尺。」阿國說。

「這麼大？」

「沒錯，就這麼大，它一口就吞下一頭乳牛。」

「這件事我不能做主，我找專家來處理。」

「有地方給我們住嗎？我們不敢回去牧場了。」

「等一下。」

「你好，我是林義全，請問是劉所長嗎？」他走到派出所外面拿起行動電話撥出。

「我是劉德義，有什麼事嗎？林所長。」

「開心牧場的負責人跟兩個員工在我這裡，他說牧場裡面有一條一百公尺長的大蛇，是真的嗎？」

「是的，我的管區已經撤村，目前是封鎖的狀態。」

「怎麼沒通知我！」

「局長說這是機密，不能透露。」

「我知道了，他們現在不敢回牧場，沒有地方住。」

「我給你地址，請他們過來吧！」

「大蛇的事要怎麼辦？」

「我已經跟局長報告過了，他說國防部會處理，明天就會派軍隊進駐。」

「我知道了，謝謝。」

「別客氣，再見。」

## 參：深潭戰巨蟒

國防部的會議室裡，正在討論巨蟒的事。

「軍方代表，王文賓中校。」每個人都自我介紹了。

「河川局代表，林錦昌。」

「水利工程專家，胡玉梅。」

「特種部隊隊長，余天成。」

「劉德義，警方代表。」

「生物學博士，吳興邦。」

「蛇類專家，李玉芬。」

「電腦工程師兼武器專家，張良國。」

「空拍組，老賈。」

「這條蛇，目前的長度大約一百公尺，直徑兩公尺，是基因改造的關係，所以才會長這麼大，它同時具有水草、藻類、貝類的基因，所以喜歡泡在淺水區曬太陽，以增加生長速度，以目前的食量判斷，每天可能增加半公尺長度，皮的厚度可能超過兩公分，所以一般的手槍無法穿透，我建議你們帶穿甲彈，對了，它已經具備無性生殖的能力，隨時可能會產下後代，屬於卵胎生的模式。」吳興邦博士首先發言。

「這麼長，空拍機應該可以很快找到它。」老賈說。

「為什麼它可以無性生殖？」李玉芬問。

「基因改造，一次可以生兩百至三百條小蛇，小蛇的長度可能超過兩公尺。」

「沒想到之前解決的鯰魚，對它來說只是小菜，天成，你們恐怕要增加人數，才能完成任務了。」王文賓感嘆的說。

「長官請放心，我們已經做了三次模擬。」余天成說。

「還有問題嗎？」王文賓問，但沒人回答。

「那就出發，先從開心牧場附近搜索。」王文賓說。

老賈跟老三將空拍機升空，螢幕上顯示開心牧場裡的牛還是很多，看來這條蛇的食量並不算大。

「快看。」老賈示意要王文賓看螢幕。

「怎麼會這麼大？」王文賓看著深潭的區域。

「大約是一百三十公尺。」老賈說。

「它的肚子太大了，應該是快生了。」李玉芬說。

「要趁現在解決它，小蛇如果出生，後果將不堪設想。」吳興邦說。

「佈陣吧！天成。」王文賓拿起無線電說。

「知道了。」余天成答。


兩百個特種部隊的軍人，分成四個中隊，每個中隊再分成五個小隊，將深潭的區域圍住，雖然他們都是訓練有素的軍人，但看到眼前的龐然大物，多少會有畏懼之心，不少人冒了冷汗。


「第一隊，開火。」王文賓拿起無線電說。

「收到。」余天成收到命令之後立即以手勢示意，於是眾人開始射擊，當巨蟒意識到攻擊之後，立即潛到更深的水中，這時，空拍機已看不到它的蹤影。

「停火。」王文賓拿起無線電說。

「它在那裡？」余天成問。

「看不到。」

「我把它炸出來吧!」張良國說完就拿起火箭筒朝深潭發射火箭彈,連續三枚之後,仍然沒有動靜,接著巨蟒忽然浮出水面並以飛快的速度游往上游,眾人雖然開火攻擊,但巨蟒已經在數百公尺外,並消失在所有人面前。

「老賈,快追上去。」王文賓說,於是空拍機追了將近三公里,但巨蟒已經消失在森林中。

「最後出現在這裡,不過,已經看不到了。」老賈比著地圖。

「我知道它躲在那裡,可是那裡沒路可以到,就算到了,我們也未必有勝算。」劉德義說。

「我不管,追就對了。」王文賓說。

「好吧!正達,你跟他們開個地形說明會吧!」

# 肆:全軍覆沒

逃入森林中的巨蟒,並沒有非常深入林區,只是找一處平坦的區域休息,就這樣天黑了。此時的特種部隊已經非常靠近

它，但並不知道這麼靠近，因為天色已暗，而且已經沒有路，所以眾人就在河邊休息。

「每個小隊都要派兩個衛兵，每班八人，每小時交班。」王文賓說。

午夜時分，正是每個人最想睡的時刻，一個衛兵的眼皮幾乎快闔上了，忽然間，一條十幾公尺長的蟒蛇將他緊緊纏繞住，另外七個衛兵也幾乎在同時被相同體型的蟒蛇攻擊，其中一人開槍示警，不過八個人在片刻就被殺死，並被緩慢的吞食。被槍聲驚醒的第一個人坐起來的瞬間，被巨蟒一口吞下。陸續醒來的人，幾乎都被相同的方式緊緊纏繞住而死，王文賓拿起身旁的衝鋒槍掃射，卻被巨蟒鎖定，用尾巴從他後方將他掃向空中，當他落地之後滾了幾圈，手上的槍已經掉了，一條蟒蛇趁機將他纏的越來越緊，終於，王文賓還是死了。沒有強大武裝的劉德義跟正達見情況不對，連滾帶爬的跑向小路，兩人共騎一部機車逃往平地。張良國雖然有很多武器，不過只扔了一顆手榴彈，就被蟒蛇纏住，手無寸鐵的老賈跟老三下場也一樣。蛇類專家李玉芬雖然被纏住，但她很鎮定的找到蛇的生殖器孔，將手伸進去之後，蛇竟然放鬆了，於是她趁機逃跑。余天成跟一些老鳥比較鎮定，他們圍成一圈並向外，有些拿起武士刀斬

斷了蛇，有些拿槍掃射蟒蛇，忽然巨蟒的尾巴掃過來，十幾個人被分散，有的死狀淒慘，有的站起來繼續奮戰，但因為是晚上，巨蟒的行蹤飄忽不定，又有許多蟒蛇攻擊，很快的，兩百人的部隊就只剩下余天成，他知道寡不敵眾，於是邊跑邊往後丟手榴彈，就這樣逃到小路上，跳上越野摩托車後全速逃跑。吳興邦看著身旁一百多條蟒蛇正在吞食，有些人的上半身或下半身還沒被吞進去，他渾身抖個不停，巨蟒慢慢的靠近他，用吐信試探他，不過沒有吞下他，彷彿認得他似的，剎那間吳興邦的腦海裡閃過自己餵食蟒蛇的畫面，巨蟒似乎有靈性，轉頭慢慢離去，吳興邦拖著沉重的步伐往小路的方向走去，幸運逃過一劫。

經過一天一夜，吳興邦總算走到派出所的位置，他打破玻璃進入，拿起電話求救。

「為什麼你可以逃出來？」國防部裡，余天成問。

「我懷疑那條巨蟒，是我以前養的那條小蛇，我養了它三個月，我猜，它應該認得我。」吳興邦說。

「那些十幾公尺長的蟒蛇應該是巨蟒的後代，要趕快處理，要不然就麻煩大了。」李玉芬說。

「處理？我們全軍覆沒了，只剩下我一個。」余天成垂頭喪氣地說。

「怎麼會這樣？天成。」國防部長看著他。

「巨蟒根本不怕子彈跟手榴彈，而且它已經生了一百多條小蛇，十幾公尺長的小蛇，我們根本是它們的食物而已，如果沒辦法全部抓到，會有很嚴重的後果。」余天成說。

「妳是蛇類專家，有什麼意見？還是有方法？」國防部長看著李玉芬說。

「沒別的辦法，殺一條算一條。」李玉芬雙手一攤說。

「我有辦法！」正達說。

「你說。」國防部長說。

「找驅魔大師陳金海。」正達說。

# 伍：小鎮浩劫

當國防部還在開會的時候，巨蟒跟它的後代已經從上游回到深潭，因為基因改造的關係，它們在水面曬太陽，吸收水中雜質並迅速長大，才一個星期，部份蟒蛇已經超過二十公尺，驚人的是深潭的水竟然清澈的幾乎可以見底。

　　巨蟒帶領它的後代來到開心牧場附近的養鴨場，很快的，數千隻鴨子就全被蟒蛇吞食，然後它們在骯髒的水池表面曬太陽並消化，巨蟒折返至開心牧場吞下兩頭乳牛之後，緩緩地往養鴨場方向過去，養鴨場的主人遠遠地看到巨蟒，嚇得臉色鐵青，拔腿就跑向反方向。巨蟒跟它的後代在養鴨池中才三天，池水竟然變得乾淨透明，連池底的石頭或是廢水管都清晰可見。

　　透過養鴨場主人的傳遞，巨蟒的事情終於傳開，小鎮的居民紛紛撤離，三個年輕人不知道這件事，只知道居民們都跑光了，開心的在一家便利商店內喝酒、唱歌，卻不知死神已經悄悄降臨，才過了一會，他們就被蟒蛇吞入肚中。此時的巨蟒跟大部份的蟒蛇已經到了小鎮最熱鬧的地區，不過剩下的只有幾條流浪狗，還有一個行動不便的老人，當然，下場還是一樣，被蟒蛇吞食。

　　部份堅守家園的人約二十位，手拿鐮刀、菜刀、釘耙或是長棍準備反抗蟒蛇的入侵，看到巨蟒出現眼前的時候全嚇傻了，兩腿都不聽使喚，很快的被蟒蛇大軍吞食，只有拿著釘耙的那人，將釘耙刺入其中一條蟒蛇的身體，但隨後也被另一條蟒蛇纏繞，在尖叫中死去。

一部遊覽車載著三十多名觀光客,來到開心牧場外,發現沒有營業便折返。

「我想上廁所。」一位老人說。

「鎮上有加油站,那裡可以上廁所。」司機說。

老人跟三位遊客急著上廁所,一到加油站便往廁所衝,沒注意到沒有員工,司機覺得奇怪,便下車察看,此時一條蟒蛇將他纏繞,他的尖叫聲引起車上的乘客注意,三名壯漢下車想幫助司機,才剛下車就被其他的蟒蛇纏住,一個中年女人見狀立即將車門關上,她的眼睛餘光看到百公尺外的巨蟒,車上開始有人尖叫,關門的女人立即跳上駕駛座,猛踩油門想要逃跑,由於她不太熟悉遊覽車的性能,才開了大約一公里就在一處轉彎撞上了路旁的電線桿,巨大的撞擊力讓車體嚴重受損,有的人沒有繫上安全帶,被拋出車外慘死,有的撞傷或跌倒,好不容易全都下車準備逃跑,卻見巨蟒攔路,幾個被嚇到腿軟的人很快被它吞下。

「快跑!」開車的女人一邊跑一邊大叫。

年紀大的或是受傷的人全都被蟒蛇纏繞後吞食,只有開車的女人跟六個年輕人逃過一劫,他們跑了約一公里,來到水庫

的壩堤上方，巨蟒沒有殺死他們，反而直接泡在水中，他們趕緊向駐守的警衛求救。

「一條大蛇，泡在水庫裡面。」開車的女人說。

「在那裡？」警衛問。

「在水庫裡面啊！」

「我們這裡本來就很多蛇啊！」

「一百多公尺長的蛇，你見過嗎？」警衛搖頭，兩人爬上管理處的瞭望台，一百多條約二十公尺長的蟒蛇圍繞著巨蟒，在水庫的水面，警衛見狀連忙打電話回報。

「這裡是集集攔河堰...」他一五一十的回報狀況，大約一個小時後，一輛軍卡接走了遊客，而警衛跟工作人員也全數撤離。國軍開始接管這個觀光為主的小鎮，整個集集鎮居民都開始撤離，只有少數人不願離開家園。

# 陸：全國恐慌

消息很快傳遍全國，電視台紛紛租用直昇機來到集集攔河堰拍攝巨蟒，巨大的聲響讓巨蟒潛入較深的水域，所以他們拍到的都是一百多條的蟒蛇。

「可能是因為直昇機的聲音讓巨蟒潛入深水區，改用空拍機吧！」電視台的記者們做出了共同的決議，於是第二天只派了一部空拍機拍攝畫面，終於在三天後拍到巨蟒。

「我們可以看到，在集集攔河堰的水面，有一條長一百五十公尺的巨蟒，旁邊圍繞著一百多條長約二十五公尺的蟒蛇，據消息來源指出，這些是巨蟒的後代，我們將派記者在附近，每小時更新它們的狀況。」由於是各家電視台的合作，所以每一家的新聞畫面都是相同的，二十四小時不停播放，連國外的媒體都聞風前來採訪。

因為各家新聞台的不停播放，引發了全國人民的恐慌，除了不敢去南投縣旅行之外，更多人開始懷疑自己的家園附近是否也有巨蟒，部份有錢人更是以渡假或洽公的藉口避居國外，然而無能的女總統卻發表了讓人難以接受的談話。

「目前巨蟒在集集攔河堰內已經一週，暫時不會再危害國人，我已經指示國防部長研擬如何消滅巨蟒，請民眾不必擔心。」就在這個談話播出之後，空拍的畫面讓人驚訝不已，巨蟒的長度又增加了約二十公尺，來到一百七十公尺，旁邊的蟒蛇也都有三十公尺左右，而原本綠色的湖水，竟然變得非常清澈，這

也表示裡面的大魚幾乎被吃光了，第二天，它們消失了，軍方派出直昇機搜尋也都沒有它們的蹤跡，彷彿它們不曾出現過。

在集集攔河堰東北方的日月潭慈恩塔頂上，一位業餘攝影師正在拍攝日月潭的全景，當他拍完之後望著美麗的風景，點燃一根煙並深深吸了一口，此時巨蟒跟一百多條蟒蛇游到湖畔曬太陽，攝影師見狀立即拿起電話報案。

軍隊跟電視台的轉播車很快的進駐日月潭，軍方並開始疏散民眾，消息傳開之後，魚池鄉跟埔里鎮都被列為禁區，也進行大型的撤離。

「目前它們在日月潭，相信暫時不會離開，我們要想辦法在這裡消滅它們。」國防部的會議裡，吳興邦說。

「範圍那麼大，就算擺三萬個軍人在那裡，我們也未必有勝算。」余天成說。

「要動手就要快，剛剛電視台的報導，那些蟒蛇已經有部份超過四十公尺，最短的也有三十二公尺，巨蟒已經將近兩百公尺。」吳興邦說。

「天成，你的意思呢？」國防部長看著他問。

「在這裡打，最好有阿帕契攻擊直昇機或是戰鬥機，不過有一個風險，萬一沒辦法在第一波攻擊打死巨蟒，它可能會潛入水中，到時會很麻煩，以它現在的體型，每秒可以移動兩百到三百公尺，也許更快，阿帕契可能會追不上，戰鬥機聲音太大，把它逼到山區可能會因為視線不良而找不到，萬一它跑向西邊，我們只有一百秒的時間可以攻擊，不論是南投縣、彰化縣、台中市都因為人口太密集，不可能有攻擊的機會。」余天成說。

「那雲林呢？」國防部長比著地圖說。

「值得一試，但還是有可能傷及無辜百姓。」

「把傷害降到最低為原則。」

「好吧！就用這個方案。」

# 柒：四處橫行

四架阿帕契直昇機跟四架 F-16 分別從新社跟清泉崗起飛，日月潭周邊也有數十架坦克車、十幾個拖式飛彈小隊嚴陣以待，但就像余天成的分析一樣，戰鬥機聲音太大，巨蟒很快潛入深水區，連其他蟒蛇也跟著潛入較深的區域。

「怎麼辦？要炸嗎？」余天成的聯絡官問。

「從湖的東北邊炸起，逐漸朝西南邊的，坦克跟拖式飛彈待命，自由發射。」余天成說。

余天成的計劃奏效，巨蟒很快就在向山遊客中心上岸，雖然坦克跟拖式飛彈小隊早有準備，但巨蟒的移動速度超過眾人的預期，還來不及瞄準就消失了蹤影，只有一枚拖式飛彈發射但沒有命中。

「戰鬥機報告巨蟒位置，阿帕契湖面待命狙擊其他蟒蛇，其他單位準備追擊。」余天成下了命令。

「巨蟒朝集集攔河堰方向快速移動，估計三十秒後到達。」一架 F-16 的飛行員回報。

「打得到就打吧！」余天成說。

「收到。」飛行員瞄準之後便發射飛彈，不過巨蟒的速度實在很快，飛彈擊中日月潭水庫的壩堤，造成潰堤並淹沒了車埕，接著是衝擊了水里，而巨蟒在幾秒的時間內就已經到達集集鎮上，飛彈的攻擊再度失手卻炸毀了集集車站，飛行員被眼前的景象嚇了一跳，當他拉高飛機的時候，巨蟒已經越過濁水溪到達斗六市外圍。

「巨蟒目前在斗六市跟斗南鎮之間，人口太密集，不適合攻擊。」另一架 F-16 飛行員回報。

「你自行決定是否開火。」余天成說。

「收到。」於是在巨蟒經過元長鄉時，F-16 朝巨蟒發射飛彈，不過飛彈擊中的是稻田，另一架 F-16 低飛想要用機槍掃射，但他沒注意到稻田中的行動電話基地台，左邊機翼撞上之後瞬間墜落在一處稻田中並爆炸起火。隨後的三架 F-16 拉高機身，繼續追擊巨蟒，當再度鎖定時，巨蟒正好在一處村莊旁，飛行員放棄了攻擊，只能眼睜睜看著巨蟒消失在海面上。

「巨蟒潛入海中，能見度太低，無法確認位置。」

「盤旋到油料的極限為止，等等由嘉義的中隊接手。」

「收到。」

天黑了，不過仍然沒有巨蟒的蹤跡，日月潭這邊雖然殺死了三十多條蟒蛇，但天黑之後，誰也無法知道它們的動向如何。失去巨蟒領導的蟒蛇群似乎知道它們的母親在那裡，翻過一座山之後回到濁水溪，延著溪一直到出海口，在天微亮的時候，在海中央找到了巨蟒。

它們開始往北游，在天黑的時候到達彰化線西，累壞的蟒蛇們此時已經非常饑餓，於是靠著巨蟒的帶領，來到一處養雞場，幾乎沒有反抗能力的雞只能狂叫，養雞場的主人拿著手電筒巡視，當他意識到自己陷入險境時已經來不及，巨蟒一口就把他吞下，因為手電筒是強光型的，所以巨蟒的身體微微的透著光，它們在此休息到天亮，在破曉時分再度往北，如出一轍地攻擊了苗栗通霄的一處養雞場。

## 捌：巨蟒群的後代

經過幾天類似的攻擊，余天成判斷，蛇群應該已經到台北或是新北市了。

「它們現在應該在這一帶。」余天成比著地圖上的淡水河口。

「這該怎麼辦？萬一跑進台北市就糟了。」國防部長的焦慮在臉上表露無遺。

由於淡水河的水質算是很髒的，這對搜查來說是一大問題，但對蛇群來說，這裡是它們的天堂，不用進食，只需要曬太陽跟吸收水中的雜質就能長大，才過了半個月，多數的蟒蛇已經超過六十公尺，雖然出生不算很久，但已經算是巨蟒了，而巨

蟒也超過兩百公尺長，並再度懷孕，它們每天在淡水河裡曬太陽，偶爾會在晚上偷襲河邊散步或獨坐的人。

就這樣又過了一個月，某天晚上十一點，巨蟒跟一百多條長一百公尺的後代在二重疏洪道上脫皮，公園裡到處都是蛇皮，此時的巨蟒已經更胖也更長，它隨時可能產下後代。

「國防部追捕巨蟒專線嗎？」一個散步的人看到了蛇群正在脫皮的景象，並撥出了電話。

「是的！」

「聽說提供巨蟒下落的人有獎金。」

「沒錯。」

不過他沒有機會再說話了，一條蟒蛇一口吞下他，電話掉在地上。

「報告指揮官，有民眾說知道蛇的下落，不過還沒說完就沒聲音了，但電話沒掛斷。」

「趕快向電信公司查詢他的位置。」余天成說。

「在二重疏洪道上。」

「快找國防部跟相關人員過來開會。」

「應該在淡水河裡面，大家要小心，根據我的判斷，它們可能都已經超過一百公尺長，巨蟒應該有兩百五十公尺長了。」吳興邦說。

「這下麻煩了，炸淡水河會引起恐慌，而且根本不知道它們在那裡！」國防部長說。

「的確很麻煩，它們在淡水河裡不用進食就能長大，而且成長速度會更快。」吳興邦說。

「有多快？」國防部長問。

「再兩個星期，全部的蟒蛇都會超過一百五十公尺，而且全部都會懷孕，一個半月後就會產下後代，如果我的推斷沒錯，巨蟒這次會產下五百條小蛇，因為淡水河提供的營養太好了，其他的蛇也會產下兩百至三百條蛇，也就是說會有兩萬到三萬條小蛇，十五公尺長的小蛇。」吳興邦說。

「什麼？」國防部長聽完下巴差點掉到地上。

「你沒聽錯，兩萬到三萬條小蛇。」

「建議你找幾十組空拍團隊，二十四小時監控淡水河。」

然而效率低落的政府，什麼都要開會，又要依照採購法等過程，這讓立委陳山海非常不高興，他找來弟弟陳金海共商大事。

　　「我知道你想說什麼！但天意不可違。」陳金海說。

　　「為什麼這麼說？」陳山海問。

　　「出事的那天，會全台大停電，台北的大巨蛋、竹科、中科的許多大廠因為訂單滿載而出現用電高峰，加上南科新落成的超級大廠，總用電量佔全台灣的百分之十三，這些因素加起來，一定會跳電，而且時間在晚上八點半左右，這會讓大巨蛋的開幕變成一場災難，除非大巨蛋延期開幕，否則災難是無法避免了。」

　　「大巨蛋？」

　　「有辦法阻止蛇群嗎？」

　　「來不及了，它們現在全都懷孕了，已經非常接近生產期，此時的它們，就算是意志被我控制，生理機能也會強迫小蛇出生。」

　　「難道你要袖手旁觀？」

　　「我說了，天意不可違，何況我目前的能量吸收出了問題，根本無法跟巨蟒溝通或是控制它們的意志。」

# 玖：三軍聯合做戰

國防部長跟陳山海是支持不同政黨的，所以，陳山海要求大巨蛋開幕延期，或是南科新落成的超級大廠暫緩使用都沒有得到回應，反而得到了冷嘲熱諷。

「陳大立委，選舉快到了，你要什麼怪招？想讓大巨蛋延期開幕。」國防部長說。

「我弟弟算出開幕那天會全台停電，大巨蛋裡的人會死一半以上。」

「那個騙吃騙喝的道士說的話，我才不信。」

「好吧！你就準備下台。」

「哼！」兩人不歡而散。

大巨蛋開幕那天，除了有棒球賽，還有百貨公司，總共六萬人湧入這棟建築物，棒球場上，有三萬多名觀眾，一位職棒選手擊出了全壘打，就在球落到觀眾席被接到的瞬間停電了，觀眾開始鼓譟，百貨公司裡的遊客紛紛向外走，但馬路上全是十幾公尺長的蟒蛇，它們從巨蟒的腹中不斷的出生，過程大約只有一分半鐘，剛出生的蛇本能的爬進百貨公司，遇到人就把他們纏繞到死，然後吞食，尖叫聲不斷傳出，但數萬條湧入的

蟒蛇根本無法抵擋。棒球場的觀眾雖然大多有加油棒可以敲打，但那對蟒蛇來說有如搔癢，因此場面非常混亂，觀眾開始逃跑，跑出大門的人並不能逃過死亡，因為巨蟒群現在非常餓，一條巨蟒可以吃掉二十個人也不會影響行動，等到巨蟒都不吃了，最大的巨蟒才開始吃，身長已經接近三百公尺的它，三兩下就吃了五十多個人，棒球場內，只剩五個吉祥物的工作人員逃過死劫，因為蛇無法勒死他們，也無法吞下他們，他們悄悄地溜到門口，卻遇到了最大的巨蟒，不過巨蟒顯得意興闌珊，於是他們成功的逃離。

僥倖逃離的人，因為大停電無法使用行動電話報案，因此徒步來到派出所，但派出所也無法向上通報，只能等待電力恢復，但那已是一天後的事了，最大的巨蟒早已帶領著蛇群回到淡水河中。

一夜之間死了三萬多人，國防部長臉色鐵青，調動了陸軍的爆破隊及阿帕契直昇機隊、海軍的軍艦及潛水艇、空軍的戰鬥機數十架，從淡水河口的方向往上游開始瘋狂轟炸，但陸軍的爆破隊卻從上游投擲炸彈，一開始是奏效的，殺死了一些小蟒蛇，但巨蟒群全力往上游方向，只有三條巨蟒被直接命中而

受傷或死亡，爆破隊很快就被巨蟒吃光，巨蟒群趁機竄入台北市區。

「報告部長，巨蟒群進入市區，攻還是不攻？」其中一部戰機飛行員問。

「先把它們趕向山區，盡量別傷到人員。」

「收到。」於是飛行員使用機槍對準最大的巨蟒掃射，它穿過萬華、永和、新店並進入山區，最終躲進翡翠水庫，十六架 F-16 總共擊中了二十多條巨蟒，但仍有七十條巨蟒也逃入水庫之中。

## 拾：巨蟒末日

「你有什麼辦法？」認錯的國防部長面帶愧色的問陳金海。

「水庫的樣子是條龍，我會施法讓龍型變成真的龍，讓龍去攻擊它們，它們雖然不會真的死亡，但靈魂會被嚇到出竅，到時就可以解決這些已經長大的巨蟒，至於剛出生的蟒蛇，截斷淡水河的河水是唯一的辦法，也就是說大台北地區要暫停所有廢水排放，河水少了，就容易找到它們，在河的兩岸布下重兵，有機會消滅百分之九十八的蛇，剩下的，要看國運是否昌隆了。」

「就照你的方法去做，小蛇的部份，我會找人處理，你還需要什麼支援？」

「把這九十四個人找來，一個都不能少。」陳金海拿出一份通訊錄，封面寫著九五幻術會。

陳金海等人在水庫附近的龜山國小操場上，他面對水庫方向盤腿而坐，手中拿著一顆直徑十五公分的水晶球，旁邊四個人背對他分別面向東西南北，九個人再圍成一個圓面向外，其餘的八十一人也圍成一個圓面向外，每個人都盤腿而坐，雙手都使用了不同的手印，忽然間，水庫化成一條長約二十公里的深綠色巨龍緩緩升上天空，鱗片閃閃發光，陳金海雙手放開水晶球後張開雙臂，水晶球變成一百公尺直徑飛上天空，巨龍一口吞下水晶球後全身發亮變成淺綠色，回頭便開始攻擊水庫中的巨蟒群，面對比自己大上許多的巨龍，蛇群幾乎都呆滯不動，因為它們的靈魂都嚇得出竅了，最後只剩下最大的巨蟒頑強抵抗。此時眾人來到水庫壩體上方，見巨蟒遲遲不願屈服，於是決定出手。

「用飛旋銅劍，把你們的能量都貫輸在劍上。」陳金海拿出銅劍，眾人圍住他開始冥想，銅劍吸收了巨大能量之後，陳

金海讓銅劍飛向巨蟒，銅劍越變越大且速度飛快，將蛇頭切開變成左右兩半，並將蛇身斬斷變成三截，巨蟒的靈魂終於出竅，眾人立即拿出葫蘆，將所有的蛇靈一一收入葫蘆，暫時結束了巨蟒群造成的危機，巨龍也消失無蹤。

淡水河因為全面禁止排水，加上人工把上游的水截斷，並用抽水的方式把水抽到幾乎見底，而河口的部份也不斷轟炸的結果，幾乎所有的蛇都集中在社子島至大稻埕這一段，十六部阿帕契直昇機對著蛇群掃射，部份的蛇往岸邊移動，也被機槍或步槍射死或造成重傷。

危機看似已經解除，但大巨蛋對面的國父紀念館旁有個翠湖，竟然有一條五十公尺長的巨蟒，大安森林公園內的水池也是，碧潭也有民眾目擊有巨蟒的出現，看來這場人蛇大戰要結束還言之過早。

「陳師傅，可以再麻煩你們嗎？」國防部長說。

「那幾條蛇，我相信你們可以應付，我只能幫你找到蛇，至於是否能殺死它們？要看天意。」

「好，那就麻煩你了。」

被目擊到的三條巨蟒，自然是逃不過國軍的子彈，其他被陳金海發現的，命運也一樣。但有一條巨蟒，因為腦波微弱，並沒有被陳金海發現，在某個夜裡循著河道，悄悄地進入翡翠水庫，它會平安長大，危害大台北的安全？還是會被國軍殺死？又或者有其他的可能性呢？誰也不知道！

後　記

基因改造在現代的食品業已經廣為應用，最知名的就是黃豆跟玉米，美國有百分之九十九的黃豆是經過基因改造而生產的，所以，我們要買到非基因改造的黃豆是有困難的，不是嗎？而最讓人難以接受的就像是在玉米中加了蜘蛛、蠍子、蜈蚣的基因，坦白說，在沒有足夠的研究下就大量生產這種玉米實在很可怕，我們無法知道這種玉米會對人體產生什麼後遺症！假設蠍子、蜈蚣的毒素非常微量，但長期食用之後又會怎樣呢？又例如黃豆中加了抗除草劑的做法，我們是否會吃入殘留的除草劑，或是除草劑造成黃豆的營養成份改變，本來吃下肚的該是對人體有益的，結果變成是慢性自殺的毒藥呢？我不知道，答案恐怕永遠不會被公布吧！？

　　只要是人，就會犯錯，但往往為了掩飾自己的小錯，造成難以彌補的大錯，我不完全認同人定勝天這四個字，火山毀了古羅馬的龐貝城、311地震讓日本死亡與失蹤人數將近兩萬人，台灣的921地震已經過了二十年，我還清楚的記得當時的我狼狽不堪的逃離住處，我想，經歷過的人多半記得當年的慘況，美國每年超過一千個龍捲風，造成的傷害是難以估計的，颶風、颱風也總是讓我們難以招架，若說這些算是天災，那麼基因改造的食品或物品可以算是人禍了，為了可以加速生產，人類無

所不用其極，難道都不會有後遺症嗎？我不信，只不過還沒有被公開而已。

而現代的戰爭手段，早已不像古代，除了比武器的先進之外，還有些非常可怕的，例如毒氣、核彈、碳疽病，我個人認為愛滋病應該也是，當然，這只是我個人的看法。至於使用基因改造的動物或植物攻擊敵人的想法，一直都是存在的，畢竟兵不厭詐，為達目的而不擇手段向來是戰爭時常見的情形。

看見過去與未來是可能的嗎？我不清楚，我認識的人當中，曾經有人看過自己的前世，甚至五世之前，換句話說，投胎轉世這件事可能是真的。就我個人的經驗而言，我曾經在夢境中看到一個場景與一個女孩，連續了十次以上，幾年之後，這個女孩跟場景都在現實生活之中出現了，在那之前，我沒到過那個地方，也不認識這個女孩，原來，她是我的學妹，場景是學校的草地，禮堂旁的草地。另一個讓我印象深刻的也是夢，那場夢是 1996 年夏天的下午三點左右，但在 1998 年上映的一部電影：LIS 太空號，長達數分鐘的內容跟夢境完全吻合，當我坐在電影院裡看到這一段的時候，腦海裡閃過的就是 1996 年的夢，為什麼我會記得？因為那場夢不是一般的夢，它非常的真實，就好像我身歷其境一樣。後來陸續出現幾次類似的夢，

絕命深潭

我指的不是內容，而是非常真實，內容就不贅述，總之，就是
後來有跟夢境吻合的現實。

夜深了，我的松果體又莫名其妙啟動了，就在剛剛寫太空
號那一段的時候，畫面再度閃過腦海，我不知道為什麼？是飾
演反派的 Gary Oldman 造成的嗎？每次看到他，總覺得自己跟
他有某種淵源，我的五官跟他大概有兩分像，但他卻跟我的兩
個表哥非常神似，看到他，總讓我想起表哥，而因為已經過世
的外公對他的外國父親絕口不提，所以，這個謎大概永遠都解
不開了，唯一能確定的是我有八分之一的荷蘭血統，其他的部
份，外公不曾透露。

後　記

國家圖書館出版品預行編目資料

絕命深潭／藍色水銀　著. —初版.—
　臺中市：天空數位圖書　2020.06
　　面：公分
　　ISBN：978-957-9119-44-3（平裝）

863.57　　　　　　　　　　109008276

書　　　　名：絕命深潭
發　行　人：蔡秀美
出　版　者：天空數位圖書有限公司
作　　　者：藍色水銀
校　　　對：浣子
製 作 公 司：璞臻有限公司
　　　　　　　文精舍有限公司
出 品 公 司：傑拉德有限公司
版 面 編 輯：採編組
美 工 設 計：設計組
出 版 日 期：2020 年 06 月（初版）
銀 行 名 稱：合作金庫銀行南台中分行
銀 行 帳 戶：天空數位圖書有限公司
銀 行 帳 號：006-1070717811498
郵 政 帳 戶：天空數位圖書有限公司
劃 撥 帳 號：22670142
定　　　價：新台 250 元整
電子書發明專利第 I 306564 號

版權所有請勿仿製

※　如有缺頁、破損等請寄回更換

Family Sky

紙本書編輯印刷：
電子書編輯製作：
天空數位圖書公司　E-mail：familysky@familysky.com.tw　http://www.familysky.com.tw/
地址：40255台中市南區忠明南路787號30F國王大樓　Tel：04-22623893　Fax：04-22623863

# 沒有靈魂的軀體

藍色水銀 著

 天空數位圖書出版

# 序

2009 年某天，我花了三個小時想好了主要的結構，用二十六天手寫草稿，四十張六百字的稿紙，上面的字跡越來越潦草，因為寫到手都長繭了，之後就決定要趕快把這部小說完成，趁著那些心中的畫面還很強烈，我逐字將手稿變成電子檔，並加上一些草稿中該有而沒寫上的，不過它等了十年，才被我現在的老闆傑拉德從倉庫的角落裡撿起來，把厚厚的灰塵拍掉，真正成為一本紙本小說，過程可算是曲折離奇，不論如何，它現在已經不是倉庫中的廢紙，對吧！

回想跟幾個朋友們談論過的一些成人電影，我心想，既然這些主角的生活內容跟肉體脫不了關係，與其遮遮掩掩，倒不如詳實點較為貼切，所以我決定用細述的手法來寫這部小說，換句話說，每段文字敘述都像是一個鏡頭，讓讀者有身歷其境的感覺，所以這個故事是限制級的，它不適合十八歲以下的人觀看，成年人看了可能會有生理反應，別以為我唬人，不信的人可以邊看邊想像自己是主角，就會得到不可思議的印證。

為了增加讀者的感受，每一段落會以其中一人的觀點來敘述，所以會有時空感的錯亂，或許會撕裂整體感，但又何妨，

說這是部小說，不如說這是色情行業的縮影來得貼切。坦白說，我非常希望我的偶像：王晶，將它拍成電影，那一定很精彩，我期待那一天的來臨。

　　有些段落會寫得不堪入目，但這是必要的，畢竟人類平均每月做愛十次以上，不論你、我或是所謂的衛道人士都不能否認這件事，我們不可能永遠當駝鳥，眼不見為淨，這些人、這些事，總是一而再、再而三的出現在我們身邊，所以我不認為拍成電影會像是成人電影或是三級片，因為我寫了很多我認為值得世人深思與探討的事情在裡面。

　　這個故事對我來說是個嚴苛的挑戰，它打斷了我寫的另外兩個故事，冥冥中有個聲音要求我先完成它，並且要盡速，彷彿在暗示些什麼？但不論如何，它已經寫了一千多字，在我完成這篇序之前。而在 2020 年交稿之前，我重新寫了部份的內容，使這本小說可以更完整的表達我的看法，或是主角們的看法。

　　此時音樂軟體播放的是陳盈潔唱的海海人生，這是我最喜歡聽的閩南語歌，我可以讓它一直重播兩小時，直到我把一整段故事都完成、校正，這首歌的歌詞最讓我有感覺的是：有人愛著我，偏偏我愛的是別人，這情債怎樣計較輸贏。回想此生多次如此，總有那個愛我的人和我愛的人一起出現，如果當初我選擇那個愛我的人，結局是否就幸福快樂？天知道！又是夜闌人靜的午夜兩點，此時是我一天中最清醒且最有戰鬥力的時

刻。或許是欠了太多情債吧？這次，那個愛我的人沒有出現，而我愛的人依舊視我為工具人，或是異性知己，每每目光短暫接觸後又刻意逃開，以為她要投入我的懷抱時卻又開始保持距離，反反復復了幾次之後，心早已碎得像日本東京千鳥之淵的櫻花花瓣，風一吹，就像雪片般落入冰冷的護城河中，儘管如此，我還是願意當護花使者，不論她是否愛我，只要她還願意見我，我願意守護她直到我斷氣的那一刻為止，無悔，這就是愛情其中之一的樣子，對吧！？

藍色水銀

# 目錄

一：清純女學生

　　台中市文心路上，一幢大樓的某間套房裡，一台二十吋的電視，正播放著老三級片：赤裸羔羊，正演到任達華與邱淑貞做愛，吳家麗發狂那一幕，電視櫃旁邊的地板上散落著白色襯衫、黑色短裙、淡紫色胸罩及內褲，天藍色的床罩上倒臥著一個女人，全身赤裸，床頭櫃上一隻手機，一隻手拿起它，上面顯示未接來電三十四通，簡訊十八則，床邊一根注射針頭，一隻戴了手套的手撿起它，這個男人拿在眼前仔細端詳了一會，他告訴身旁的警察說：「阿傑，拿去化驗。」

　　「是，隊長。」阿傑伸手接過了它。

　　刑警隊小隊長賴良忠努力的想還原現場，他彷彿回到過去，清楚看見這名女子死前的情形，她全身赤裸坐在床上，右手拿著針頭往自己手上注射，她從滿足的眼神變成面目爭獰，然後逐漸失去意識，倒臥在床上。

　　刑警隊裡，賴良忠走進一個小房間，裡面有一個穿制服的警察，還有等待做證的人，賴良忠對著制服警察說：「可以開始了。」

　　「隊長，這是他的基本資料。」穿著制服的警員遞了一份檔案夾過來交給他。

　　「阿治，請開始敘述吧！」阿治喝了一口擺在他面前的水，並沈思了幾秒，然後開口道：「三天前，我看了自由時報廣告版的小啟…」

　　文心路崇德路口，阿治左顧右盼了半天，以為被放鴿子了，他舉起左手看著手錶又放下，重覆這個動作已經五次，顯然地，他要等的人遲到了，但是，就在此時，終於來了一個女人，她開口問：『阿治？』

　　『妳是青青？』阿治呆住了，因為這個女孩很迷人！

　　『嗯！』青青點頭並說：

　　『怎麼樣？這樣穿你喜歡嗎？』阿治從頭到腳仔細的看了青青，一頭俐落的短髮，臉上脂粉未失，白皙的皮膚吹彈可破，水汪汪的大眼，彷彿會說話，微張的上唇，就像是在說：吻我吧！學生制服上還繡著某某高商三年級，制服的最上面那顆鈕扣沒扣，豐滿的胸部呼之欲出，二十一吋的小蠻腰、膝上十公分的黑色短裙、一雙超級美腿、白色短襪、圓頭黑皮鞋，清純的模樣楚楚可憐，阿治看了差點流下口水，連忙說：『喜歡！我很滿意！』阿治是個正常的男人，看到如此美女，當然很興奮。

　　『你會在意我的身上有一道很深的疤痕嗎？』青青輕聲細語的問道。

　　『不會！』其實，現在問什麼都是多餘的，阿治已經慾火焚身。

　　『那刺青呢？』青青再問。

3

『妳有刺青？我還沒上過有刺青的女人，試試也好。』阿治有一點意外地看著青青，半信半疑地看著眼前的清純女學生，似乎不相信刺青的事。

『你知道價錢嗎？』阿治搖搖頭。

『一小時五千，隨你的意思，怎麼玩都行，超過時間的部份每半小時加兩千，可以接受嗎？』

『妳是說，不限次數？』阿治懷疑的問，青青點點頭。

『走吧！我等不及了。』阿治已經等不及要看青青的刺青和豐滿的身體了。

青青走前面，阿治跟著她的後方約兩步，一前一後的走進電梯，青青用左手中指按了十七樓，出電梯後，走到其中一道門前，她從手中的粉紅色零錢袋中拿出一串鑰匙，找出其中一把，插進鑰匙孔轉了一圈並打開門，用右手按了電燈開關，待阿治進門後她關上門，一路上跟在後面的阿治早已慾火難耐，門一關上雙手便搭著青青的肩，一副迫不及待的樣子，青青用左手輕柔的抓住阿治的手，輕聲地對他說：『請你先付第一個小時的五千元，現在是下午三點四十二分。』

她看著桌上的蠟筆小新造型鬧鐘，用手比給阿治看，隨手拿起一隻筆，一本藍色外皮的筆記本，上面畫了一隻不像貓的貓，翻開停在其中一頁，寫上日期跟鬧鐘上的時間還有阿治這兩個字。

　　阿治從襯衫口袋中拿了一疊鈔票約二十張，數了一下將其他的鈔票放回口袋中，青青接過了五千元並把錢壓在鬧鐘下並問：『要不要洗澡？』

　　『好啊！』

　　阿治迫不及待的脫去了身上衣物只剩下一件紅色的子彈型內褲，卻見青青用右手伸向檯燈，將旋鈕以逆時針方向轉去，這時的光線變暗了，暗到只能看到青青，其他的傢俱都看不見了，阿治的目光投向青青，她從上衣最上面的鈕扣往下並慢慢地一顆又一顆解開，非常慢地解開，露出一半的內衣及胸部，但沒有脫掉衣服，接著解開了裙扣，讓那件黑色的短裙直接掉在地上，她把左手食指伸進了嘴唇內，微微地張開上唇，用手指將下唇稍稍向下拉了一點點，阿治走向她，用雙手幫她脫去襯衫，青青左肩露出一點點刺青，他粗魯的將青青的身子一轉，一隻美麗的火紅色鳳凰刺在她的背上，從左肩延伸到右臀上方，青青自己將內衣褪去，丟在地上，稍微彎下腰將內褲也脫下，並用豐滿的臀部碰了一下站在他身後的阿治，阿治用雙手從後方粗魯的揉了青青的雙峰幾下，青青拉著阿治的手走向浴室說：『進浴室吧！我幫你洗澡。』

　　浴室中，阿治站在蓮蓬頭下沖水，青青將沐浴乳塗抹在手上，站在阿治的後面塗抹他的背部、臀部，並以熟練的姿勢輕輕地在他的乳頭上轉幾個圈圈，然後將沐浴乳塗滿全身，青青的身體貼著阿治的背部，左手輕撫著阿治的寶貝，它硬了，青

青慢慢的用左手握著它，前後來回的，阿治的慾火已經被挑逗到極限，他再也忍不住了並說：『沖水吧！美人。』

　　一個月沒碰女人了，被這般挑逗之後，任何男人都抵擋不住的，他雙手抱著只有四十一公斤重的青青，走出浴室將她放在藍色的床上，卻匆匆的繳了械，昏黃的燈光下鬧鐘上的時間是三點五十七分。

　　『我可以再來一次嗎？』

　　『只要你行我就行。』青青拿起一瓶按摩油，放在一旁，然後又拿起搖控器將電視打開，轉到彩虹頻道，正播出著川島和津實的成人片。

　　這時賴良忠打斷了阿治，將他拉回現實中：「行了，做愛的過程不用再敘述了，直接跳到你快要離開那時候。」

　　於是阿治又開始敘述當時的情形。

　　『現在是五點十九分，所以請你再給我四千元。』青青總是輕聲細語地說話，阿治點了四張千元鈔給她。

　　『一起洗澡吧！』

　　『喂！什麼？我立刻過去。』阿治的電話響了，他拿起電話驚訝的說。於是阿治匆匆的穿上衣物，連聲再見都沒說就奪門而出，趕著離開。

「賴隊長，那天的經過就是這樣，你可以調我的通聯紀錄，還有我兒子的車禍紀錄。」

「所以你走的時候他還活著？」賴良忠看著他問。

「當然，我只不過是她的客人而已。」阿治一臉無辜看著賴良忠，可是他的確是青青最後一個客人，青青的生命結束了。

「你可以走了，在這裡簽名蓋上手印就行了。」賴良忠用右手食指比著筆錄的最下方。

沒有靈魂的軀體

二：抽絲剝繭

　　賴良忠將三十四通未接電話列印下來，赫然發現阿傑的電話，這件事非同小可，他立刻將阿傑找來。

　　「阿傑，你過來，你跟青青是什麼關係？」賴良忠是辦案老手，經常看穿別人的心思，他盯著阿傑的眼睛問道。

　　「隊…隊長，我…我…我只是…只是她的客人，她…她的服務很好，所以…」阿傑結結巴巴的回答著，像是在害怕著什麼？

　　「這麼說，你跟她很熟嘍？」賴良忠似乎在盤算著什麼？

　　「隊長，別害我，我還有老婆、小孩要養！」阿傑微微顫抖地回答。

　　「說說她的事，我不會做任何紀錄的。」賴良忠微笑著拍拍阿傑的肩膀。

　　「她是個人工作室的型態在經營，如果正在忙，會找九之十七的婷婷接電話或代勞，反正她們兩個互相支援，沒有經紀人或馬伕，我想，找到婷婷事情也許就解開了。」阿傑的解說似乎已經給了賴良忠答案。

　　「這就是她的電話號碼。」阿傑比著最後十二通相同的電話號碼。

　　「你去載她過來。」

　　「我？」阿傑指著自己的鼻子。

「不然呢？我去嗎？」賴良忠故意扳著臉嚇嚇他。

「好嘛！我去就是了，千萬別讓其他同事知道，拜託拜託啦！」

「放心吧！別玩太晚嘍！記得正事，知道嗎？」

「知…知道了。」阿傑就像小狗般夾著尾巴逃跑一樣，轉身離開。


阿傑撥了三次電話，都沒有回應，冰冷的制式回答著他：對不起，您撥的電話未開機。

他只好開著車到文心路上這棟大樓，並走到其中一間套房門口，一名男子剛好從婷婷的套房走出來，他身材瘦小、年約三十、身高一百六十公分、體重四十五公斤，兩人擦身而過，瘦小的男子低著頭，一副失魂落魄的樣子，探出頭來的婷婷見到了阿傑，不關門，等著他走過去。

婷婷：十九歲，留著學生頭，剪的齊齊的瀏海，兩邊的頭髮也是剪的平平的，看上去就像個高中女生，雙眼皮但眼睛不大、小小的鼻子、櫻桃小嘴、笑起來甜甜的、潔白而整齊的牙齒、上半身穿著天藍色的襯衫、飽滿的胸部、鬆鬆的衣服看不出她的腰圍、超級短的牛仔褲露出了一點的臀部、筆直的一雙美腿、腳上穿著一雙豹紋拖鞋，她伸手拉著阿傑胸口的衣服，把他推進套房，關上門。

　　有些怯懦的阿傑才進房就不知所措，還未開口，婷婷就貼上去，吻著他的耳朵、脖子、雙手一邊撫弄他的胸部，然後迅速的解開了他的腰帶，褲子就這樣直接掉在地上，他又想開口時，婷婷已經蹲下並將他的內褲拉到地上，旋即起身由下往上的解開阿傑襯衫上的鈕扣，她站在阿傑身後，左手掌貼在他的胸膛上，並在他的耳邊輕輕地說：「走！洗澡。」阿傑面對這樣的柔情攻勢毫無招架之力，就這樣，他忘記了任務，沈醉在溫柔鄉裡。

　　大部份的男人都是如此，所以古人才會說：妻不如妾，妾不如妓，妓不如偷，偷不如偷不著。能夠抵擋得住的少之又少，又或許他們喜歡的只是新鮮感而已吧！天曉得！

　　解剖室裡，一具冰冷的屍體，青青的屍體，一匹白布蓋著她，只露出一隻手掌和幾隻腳趾頭，賴良忠走進門，一個法醫正在洗手。

　　「高大哥，查出什麼了嗎？」他遞了一根七星的煙給法醫並幫他點火，法醫深深的吸了一口煙並吐了出來，空氣中瀰漫著白色的煙與味道，不熟的人還以為是火災呢！

　　「死者應該是施打新型的混合型毒品，心臟痲痺而死，根據昨天的資料，她是一個月來，第十三個死於這種新毒品的人。」法醫認真的眼神看著賴良忠。

「有什麼共同的特徵嗎？」兩人似乎很有默契，法醫早知道他會問些什麼，早已準備好資料並遞給他。

「劇烈運動！這種藥會讓人心跳加速，施打前後如果劇烈運動，就可能導致死亡，前十二個案例中有五名男性在施打後做愛，達到或接近高潮時暴斃，另有三名女性也是於做愛前施打致死。」

「我懂了！謝謝你嘍！高大哥。」賴良忠揮手向他道別，法醫則是繼續埋頭苦幹，他的工作量實在不小。

阿傑抱著婷婷躺在粉紅色的床上，黃色的背單裡裹著兩條赤裸的身體，電視正播著新聞，畫面正是婷婷現在所住的那棟大樓，標題是：女子疑似吸毒後暴斃。接著是一具屍體的背部，一隻美麗的鳳凰刺青以及腰後一道長達十五公分的疤痕。

「青青！」婷婷大叫並用左手比著，臉色鐵青。

「我今天來正是為了此事！」

「我什麼都不知道！」婷婷赤身走下床，穿上衣服，用右手拿起剛買的香奈兒白色菱格包，一邊看一邊說：「別害我！我還想活著享受人生。」

「妳一定知道誰是她的藥頭！」阿傑斬釘截鐵地說。

「是大頭仔！黑黑胖胖的，電話我抄給你，你自己想辦法，別拖我下水！」

「有事打這個電話給我，有什麼新的資料，請儘速通知我。」阿傑從褲子中拿出皮夾，抽出一張名片，遞給了婷婷，婷婷也遞了大頭仔的電話給他。

刑警隊裡，十幾個警察正在開會，賴良忠站在台上問：

「大頭仔！誰有資料？」他左看右看，這時有人答腔了。

「這傢伙很狡猾，不好抓。」另一個小隊長吳宗志走到賴良忠身邊，看了一下阿傑帶回來的電話。

「你知道他？」賴良忠疑惑地看著他。

「我們這一組已經監聽他三個月，但他從不在同一個地方接電話，也絕不會在電話中談到地點，上次好不容易追了兩百公尺，抓到他的下線，沒想到上警車不到一分鐘就死了。」

「心臟痲痺？」賴良忠似乎知道答案般地問。

「嗯！」

「哼！可惡的傢伙。」

「別擔心，上級為了這件案子已經派了六十人，分成二十組來協助我們兩個，他的六個主要下線，我們已經二十四小時跟監還有監聽，他撐不了多久的。」

「但願！」

　　台中市七期重劃區裡，一處別墅區的外面，跟監的小蔡手中拿著行動電話：「吳隊長，我想我們找到地方了，不過這裡進出的車輛都很高級，議長家族全住在裡面，直接進去抓人恐怕有困難。」

　　「先盯著！我們再想辦法。」掛斷電話之後，吳宗志面有難色的說：「完了！辦下去會引起政治風暴，先去請示上頭的意思再說！」

　　「你是說…議…」賴良忠的話被吳宗志打斷。

　　「我只是懷疑而已，道上盛傳那一區的別墅全是他的，我查過了，雖然他名下只有一戶，可是其他二十三戶全是他的手下或親友的，換句話說，大頭仔的靠山可能是他，我們要小心處理。」吳宗志的顧慮是對的，所以他們先問長官的意思。

沒有靈魂的軀體

三：皇宮酒店

　　傍晚五點，婷婷濃妝艷抹，戴上假髮，一件蘋果綠色的緊身衣裙，一雙高跟鞋，裙子短到稍微彎下腰便露出內褲，深綠色的內褲，她走出大樓外，迅速走上一台停在附近的銀色九人座休旅車，這部車讓人好奇的地方是所有的車窗都裝上了窗簾，除了司機前面那片擋風玻璃，司機阿三大聲地對她說：「這麼早啊？」

　　「本姑娘高興。」婷婷的心情不怎麼好，所以阿三得到一個白眼。

　　此時大樓門口同時走出三名女子，同樣的緊身衣裙，顏色分別是白色、天藍色、淡紫色，他們也快速上了車，車子很快的駛向另一棟大樓，三個穿著護士服的女人匆忙上車。

　　這部車開進到一處空地停了下來，側門打開，婷婷先走下車，手上拿著一顆紅色打火機，從一包雪樂香菸裡拿出三根菸，遞給了穿天藍色衣裙的女人：「芭比，妳的，凱莉。」穿著淡紫色的女人也接過了香菸，婷婷幫兩人點完菸才點自己的，並深深吸了一口，嘆氣地說：「青青死了。」她面無表情地說。

　　「什麼時候的事？」凱莉一臉訝異的問。

　　「三天前。」芭比搶在婷婷之前冷冷地回答她。

　　空地的另一處，三個穿護士服的女人，手中各拿著一根點燃的菸，嘰嘰喳喳的，有說有笑。車上，阿三問：「小玉啊！怎麼不下去抽菸？進了公司就不準抽嘍！」

　　「我知道！」她從包包裡拿出一包七星淡菸，用一顆銅製的手榴彈造型打火機點燃香菸走向婷婷：「妳們在聊什麼呢？」小玉好奇的問道。

　　「青青死了！」婷婷回答她。

　　「早叫她別碰毒品了！偏偏不聽，這下被人當成白老鼠了！」婷婷又說道。

　　「美女們，該走了！」車上的阿三看著錶向車外大喊。

　　車子駛向僅僅五百公尺外的皇宮酒店，車子才一停下，七個人便匆匆下車，後面又三部一模一樣的車，走下車的這群女人中，八個穿著水手服，六個穿晚禮服，七個穿黑色披風，其中一個腰帶沒綁緊，露出了黃色的比基尼泳裝，這時另外一部車到了門口，八個穿著模仿女警制服的女人下車，走進酒店，阿三把車停進附近的停車場，一排的休旅車整齊地停著，共十八台，這時天色漸漸暗下來，皇宮酒店的霓虹燈及招牌亮了，幾百公尺外都看得見。

　　酒店的休息室內，一百多個女人，還有模仿女秘書、學生妹、辦公室女郎、兔女郎、啦啦隊、空姐、女佣人等等造型，花樣百出，非常熱鬧。這就是名震天下的皇宮酒店，除了豔名遠播之外，這裡的女人素質的確不錯，比起其它同業，它確實更能吸引男人上門消費，不少男人在這裡一擲千金，甚至散盡

家財只為一親芳澤，寧當火山孝子也不願將錢花在父母妻兒身上，但是歡場幾乎是無真愛的，至少百分之九十九都是虛情假意，所以當男人的錢被榨乾之後，這裡的女人就會把男人拋到九宵雲外，翻臉不認人，這就是酒店！

四：以黑制黑

　　桃園國際機場裡，人來人往，幾乎每個人都在趕時間，除了這個人，身高約一百八十三公分的男子，戴著墨鏡，所以你看不到他的眼神，略黑的膚色，臉上的表情看起來有些可怕，冷靜得可怕，就像是魔鬼終結者裡的阿諾一樣酷！他穿著黑色的西裝套裝，皮鞋也是黑的，他慢慢走向一張椅子並坐下來，時間慢慢地流逝，一個小時過去了，他依然坐在上面，另有二組警方的跟監人員，三個人在出口處，三個在車上，不時用隱藏式無線電對話著，這時一名頂著大光頭的男人，皮膚黝黑，肥頭大耳，半顆西瓜大的肚子，穿著花襯衫從一台黑色保時捷休旅車中走出來，進到入關處的等候區。

　　「大頭仔進去了！」坐在車上的跟監人員通報著。

　　「收到！」在出口處的跟監人員盯著大頭仔並跟著進去。

　　體重超過百公斤的大頭仔很快的就碰到他要接的人，一名膚色略黑的男人，身高只有一百六十公分，跟他身後的兩個彪形大漢比起來，他顯得有些瘦小，不過，他一看就知道是個大人物，銳利的眼神，自信的外表，而那兩個身高一百八十五公分的壯漢顯然只是他的保鑣，也許只是助手。

　　「金先生！歡迎你！」大頭仔伸手跟他握手寒暄。

　　「好久不見了！大頭仔！」兩人互相擁抱了幾秒後笑看著對方。

　　四個人上了那部黑色保時捷，二組跟監的警察也隨後離開。保時捷的底盤掛了一顆衛星定位器，訊號傳至那名全身穿著黑色的男子所攜帶的一個小螢幕上，他拿起手機，站起來並邊走邊講電話，隨後上了一台白色寶馬的車子上。

　　「傑森，慢慢開，我已經裝了追蹤器。」他比著手上那個小螢幕。

　　「布萊特！跟了三年了，你不煩嗎？」傑森一面發動車子一面回答他。

　　「就快結束了！」他依舊面無表情。

　　「此話怎講？」傑森問道。

　　「我打算跟台灣的警方合作，殺了金三少。」原來布萊特想殺了這個矮小的男人。

　　「你想大開殺戒？」傑森一邊開車還一邊轉過頭來看著布萊特。

　　「他們這批毒品非常不穩定，已經在世界各地害死一千多人了。」布萊特顯得有些憤怒。

　　「你想用什麼方法？」

　　「以黑制黑。」傑森一臉驚訝，一副不可置信的樣子。

「殺死金三少，嫁禍給大頭仔，金二少必定會報仇，而且他會親自來台灣，再找另一個大盤，到時再抓他，金老大已經得了愛滋病，他撐不過三年的。」

「不論你做什麼決定，我都支持你。」傑森笑著回答他。

黑色保時捷的車速很快，才七十四分鐘就已經到了皇宮酒店的門口，泊車的人是羅強，圍事的頭頭。

羅強：十三歲就輟學、打架、鬧事、販毒，什麼壞事都做，但運氣始終很好，從沒出過事，轉眼間他已經三十一歲了，他身高一百七十八公分，皮膚白皙，男人用皮膚白皙形容似乎不怎麼恰當，不過，經年累月都沒曬太陽的他，皮膚真的很白，身材壯碩，略有小腹，喜歡嚼檳榔的他，笑的時候露出了滿嘴深紅色的爛牙，這讓他看起來有些陰森及邪惡，讓人不寒而慄。

「大頭仔，好好玩。」羅強右手搭著他的肩膀，兩人似乎交情匪淺。

「阿強，把車停好，別刮傷了。」大頭仔半開玩笑地說。

「沒問題啦！」四個人進了皇宮酒店的大門，羅強用手勢招來一個小弟。

「小風，這台車會開嗎？」羅強盯著他的眼睛說。

「會！」小風點頭說。

「那就快去把它停好！」

「是！強哥。」

小風：羅強的小弟，跟羅強差不多，一樣輟學、打架、鬧事，做了不少壞事，已經進出少年觀護所好幾次。

皇宮酒店的大廳裡，大頭仔一行四人，一名穿著紅色晚禮服的女人，年約四十五，徐娘半老，風韻猶存，年輕時想必也是酒店的紅牌，她迎向大頭仔。

「紅姐！今天有什麼好玩的？」大頭仔先開口問她。

「女佣好不好？正適合你的貴賓呢！」金三少點點頭，四人跟著紅姐上了二樓並向左走到盡頭，門一打開，服務生正在擺酒杯、冰桶等，向右望去，是一張花式撞球檯，眾人就坐之後，眼前是投影式的電視，足足有一百二十吋大，正播放著日本寫真女星安西廣子穿著橘色比基尼泳裝，在沙灘上玩耍的畫面。

「酒照舊！一人兩個姑娘。」大頭仔對紅姐說。

「馬上來。」紅姐走出包廂安排女佣人的姑娘，約二分鐘後，八個身著女佣服的女人隨著紅姐走進包廂，分別坐在每個男人的兩旁。

皇宮酒店的大廳裡，另一個大班叫娜娜，她迎向一名身材也是肥胖的年輕男人，他的皮膚很白，就像是好幾年沒曬太陽一樣。

「大哥貴姓？」娜娜問道。

「叫我肥仔就行了。」這個胖男人回答。

「肥仔哥哥！有沒有認識的小姐？」娜娜再問道。

「婷婷！頭髮短短那一個！」他顯然已經來過了！

「需不需要別的女孩陪你？」娜娜依舊非常有耐心地問。

「不用了，我今晚包婷婷全場。」包全場就是小姐不轉檯，需要花費很多錢，而肥仔正是典型的火山孝子！單戀一朵酒國花。

「婷婷，肥仔來了，他今天又包妳全場。」休息室裡，阿三對婷婷說。

婷婷看著鏡子中的自己，將衣服稍微調整，讓豐滿的胸部露得更多一些，她走過身邊十幾個女人及兩個司機，打開門往大廳走去。

「肥仔哥哥，謝謝你喔！又讓你包全場，真是不好意思。」她嬌滴滴的聲音，肥仔瞬間就為之瘋狂，婷婷坐在肥仔身旁，肥仔顯得有些害羞，婷婷將她的雙手放在肥仔的大腿上，調皮的玩起來。

　　在大頭仔的包廂裡，女佣們的衣服丟了滿地，內衣褲也丟在沙發的角落，兩個壯漢全身赤裸坐在沙發上，各有兩個也是全身赤裸的女人服侍著。

　　撞球檯上，只剩白色的母球、黑色的八號球及黃白色相間的九號球，金三少的眼睛不看球，盯著的卻是琦琦身上的那兩個肉球，她脫去了內褲，只穿著圍裙跟內衣，趴在球桌上準備出桿，那兩個肉球幾乎要從粉藍色的內衣中掉了出來，一旁的沙發上，香香脫得只剩下圍裙遮住身體，一邊看球，一手伸進大頭仔的褲子裡來回動著，冷不防的，大頭仔將她轉向並背對自己，讓香香半趴著，也在一旁搞起來。

　　四個男人、八個女人，在同一間包廂內就這樣玩起性愛派對，這同樣的戲碼，天天在皇宮酒店的包廂內上演。

　　「喂！你好。」刑警隊裡，吳宗志的手機響起。

　　「你好！請問是吳隊長嗎？」

　　「請問那裡找？」吳宗志一臉納悶地回答。

　　「我是誰不重要，你現在可以跟賴隊長一起到台中公園的湖心亭裡嗎？我有重要的事找兩位。」

　　「好，你等我半小時。」

中午一點，兩個隊長依約來到台中市的地標：湖心亭。裡面並沒有人，他們等了兩分鐘，來了一對情侶，這對情侶見到裡面有人便匆匆離去，正當兩人懷疑是否被耍了，一名全身上下都穿著黑色的男人出現了，他對著吳宗志說：「吳隊長你好，我叫布萊特。」他伸出手示意要握手，吳宗志也伸手跟他握手，布萊特轉向賴良忠也跟他握手。

「賴隊長你好。」

「我們應該不認識吧！」吳宗志懷疑的問著。

「沒錯！我們確實素未謀面，我是國際刑警。」兩個隊長都嚇了一跳。

「吉米布萊特？」賴良忠提高音量懷疑的看著他。

「剷除兩個販毒家族的吉米布萊特 ？」吳宗志也懷疑的問。

「沒錯！叫我布萊特就行了，我就知道沒找錯人，兩位是台灣中部最優秀的刑警隊長，我的長官早已將兩位的資料給我了。」

沒有人知道他們談些什麼？兩旁的通道被吳宗志的部署給封鎖了，傑森只好在紅色的橋上無聊的等著，終於湖心亭中的密會結束了。

「那就一言為定了。」布萊特開口說。

「合作愉快！」吳宗志跟他握手。

「祝你成功！」賴良忠也跟他握手道別。兩個隊長離開了那裡，布萊特則往相反方向走去。


議長住的別墅區，一部車子開出來，正是大頭仔跟金三少等四人，三組人馬由不同的方向跟著他們到了一處偏僻的倉庫，大頭仔按下搖控器打開鐵捲門，將車子開進去，四人一起下車走到一張桌子旁。

「金先生！最近這批貨吃死了不少人，你們可有對策？」大頭仔問道。

「我們已經降低了新藥的比例，這樣就不會產生心臟的問題了！」

「好！我相信你，這裡總共是五百顆一至三克拉的鑽石，全依你的要求。」大頭仔從背包中拿出兩包黑色的珠寶袋。

「你的老闆果然爽快！阿清，驗貨。」金三少招手叫身旁的助手到身旁。

阿清拿出檢驗珠寶用的放大鏡，將鑽石一顆顆擺在旁邊，準備檢查。

倉庫外，布萊特幪著面，悄悄的摸進去，阿清回頭告訴金三少：「老闆，全是一級貨，至少值新台幣二億。」他非常認真的看著金三少說。

「怎樣！沒問題吧。」大頭仔一派輕鬆的對金三少說。

「阿國。」金三少使了一個眼色，阿國往身旁的黑布一拉，是上百包的海洛因。

「要不要驗驗？」金三少問道。

「不需要了！合作那麼久…」久字尚未說完，大頭仔已經左胸口中彈倒地，在他的臉上是痛苦的表情，他伸手想按住傷口，但太遲了，胸口大量鮮血直流，他只能等死，即使馬上送醫也來不及了。

接著不到兩秒的時間，阿國阿清也是左胸口各中一槍倒下，狀況跟大頭仔差不多，布萊特跟傑森這時分別從不同的方向走過來，手中各拿了一把裝有滅音器的槍，金三少反應不及遭到布萊特擊中右胸口，然後又是心臟的位置一槍，布萊特跟傑森把滅音器從手槍上轉下，放進口袋中，蹲下把手上的槍分別放在大頭仔跟阿國手上，兩人走出倉庫翻牆後來到車上，布萊特拿起電話：「吳隊長，該你們上場了。」

晚上九點，台中市警察局記者會現場，兩把槍、九十包海洛因還有那些鑽石，只不過鑽石已經被掉包。

現場播出的新聞是這麼說的：警方跟蹤毒販，意外發現買賣雙方人馬疑似黑吃黑火併，四人死於現場，現場查獲五百顆假鑽石以及九十包海洛因、兩把制式手槍，畫面上則是大頭仔跟金三少的頭部特寫。

　　毒品交易經常使用鑽石，也經常出現黑吃黑，布萊特這一招以黑制黑將會產生什麼樣的後果呢？又會讓毒品市場產生什麼樣的變化呢？

沒有靈魂的軀體

五：慾海沈淪

　　台南市的某間別墅裡，一個男人坐在游泳池邊，穿著花襯衫、黑色短褲、藍白拖鞋，用一台黑色筆記型電腦上網，他看著畫面中的成人片女星友希，告訴他的助手說：「阿福，找山口組把這個妞帶來這裡。」

　　「是，松哥。」

　　遠處的大樓上其中一個房間，布萊特用高倍率望遠鏡看著松哥的手，傑森則盯著螢幕，連線在望遠鏡上回傳的畫面，這是最新的科技，他們同時唸著一組電子信箱的帳號，布萊特繼續唸著密碼，松哥的電腦此時進入這個信箱的畫面。

　　在另一個國家裡，金二少正在收電子郵件，他的信箱中出現了一封松哥寄來的信，標題是：速件，金二少不加思索的便打開這封信，卻發現是金三少在台灣死亡的那篇新聞，他用力拍著桌子，大聲咆哮！看著信寫著：早告訴你那個傢伙財力不足，一定會黑吃黑的。想報仇嗎？傢伙放在老地方，你知道該怎麼做的。

　　「怎麼了？二弟！」他有些疑惑地問。

　　「三弟死在台灣了，是陳議長幹的。」金二少顯得非常憤怒。

「你想怎麼做？」金二少拿起掛在牆上的武士刀，往白色茶几上的插花一掃，整齊的六十度切口，這盆花全斷了，他把怒氣全都顯現出來了，那表情真是嚇人，像是要將人生吞活剝的樣子。

「什麼時候出發？」

「後天！」他的雙手仍緊緊握著武士刀！

布萊特正在用電腦跟某人聯絡，他送出了兩個電子信箱，正是松哥跟金二少的，他知道這次的行動事關重大，所以非常仔細的把每個步驟都想過。

日本的某間公寓中，友希的第十八部成人片正拍攝著，男主角岡田正賣力的衝刺，友希非常投入，興奮地直用日文叫著：「啊！岡田，再快一點。」叫床的聲音完全不像是裝的，她陶醉的表情難以讓人分辨那是真是假，無論是真是假，看起來真的是像那麼一回事。

攝影師、燈光師正忙著拍攝，完全沒注意到悄悄進門的兩個壯漢及老闆。此時岡田漸漸放慢了速度，友希有些意外地說：「怎麼停下來了？啊！你怎麼來了。」因為她張開眼時看見了老闆。

「怎麼？還想要是嗎？」老闆說完看著旁邊的壯漢又說：「青木！你上！」

「是！」不過青木不到二分鐘就棄械投降。

「怎麼搞的嘛！」友希抱怨的說。

「真是飯桶！青田！換你。」老闆發火的說。

「松本！換你。」不到一分鐘，青田停下了動作，老闆指著燈光師。

「我不行啦！我已經跟她做二次了。」他搖搖頭回答。

「什麼？」老闆怒氣沖沖的盯著攝影師大叫。

「山田。」

「可…可是…」塚本當然不行了，因為…

「可是什麼？」老闆快氣炸了。

「她是我的親生姐姐，不行啦！」這倒是個好理由！

「收工，全是廢物。」老闆怒氣沖沖地。

「是！」眾人齊聲回答著，頭紛紛低下。

友希穿上了一件白色襯衫，但沒穿內衣內褲，走向老闆，在他耳邊嗲聲嗲氣的：「齊藤，等他們走了，我要你陪我。」眾人看著老闆的手勢已經比出來，紛紛離開，並關上門。

　　友希這時已經用左手解開齊藤的所有鈕扣。另一隻手伸進他的運動褲內，她迫不及待的就將齊藤的運動褲跟內褲一起拉到地上，用嘴含著他的寶貝。

　　「台灣那邊，有個富商看上妳，希望妳過去三個月。」齊藤說。

　　「不要！」友希連考慮都沒有就回答他。

　　「二千萬耶！不想賺嗎？」友希開始用手來回著並回答。

　　「我要先收錢才去！」她嘟著嘴的樣子還真是可愛，誰會知道她是不折不扣的淫娃呢！

　　「我會問問他的意思。」

　　「真沒用！比青田還糟糕！」齊藤抓抓頭並傻笑著，他還沒跟友希開始做就棄械投降。

沒有靈魂的軀體

六：極速狂飆

　　桃園國際機場裡，布萊特又坐在那裡快一小時，跟監的戲碼再度上演，同時警方派出四組人員，不時用無線電聯絡著：「美女到！」好戲終於上場了！

　　一名年約二十三歲的女子，長髮飄逸、皮膚白皙、身材火辣，身穿黑色套裝，眼神犀利的她一眼就發現友希，她快步走向友希並用日語跟她說：「友希小姐，請跟我來！」

　　兩個美女很快的上了車，紅色法拉利，她們很快的發動引擎，一陣轟隆聲中車子開始移動，跟監的警方立即發動車子，並將油門踩到底，卻怎麼也跟不上，他們只好打電話回台中市向吳宗志報告：

　　「隊長，對方太快了，不可能跟上！」沒開車的便衣刑警回報狀況。

　　「有多快？」吳宗志問。

　　「我的時速表現在指著一百六！她們在一分鐘前就消失了。」那名刑警又說。

　　刑警隊裡，吳宗志召開緊急會議，所有的跟監人員全都到齊了，他發號施令說：「每個交流道兩組人員，立即出發。」

　　高速公路上，紅色法拉利用時速兩百一十通過竹南，十五分鐘後，跟監車隊到了中港交流道附近，正經過黎明路的高架橋，浩浩蕩蕩地上了高速公路往南開去。

　　又過了十五分鐘，桃園國際機場裡，金二少出現了，接機的人竟是松哥本人，布萊特拿起電話：「傑森，外面什麼車最高級？」

　　「藍寶基尼，白色蠻牛！」傑森簡短的回答。

　　「去裝追蹤器！」

　　「沒問題！」

　　「小心點，可能有保鏢！」布萊特掛斷電話又立即撥給吳宗志：

　　「吳隊長！叫你的人在台南交流道下休息，紅色法拉利別追了，那只是誘餌，白色的藍寶基尼才是主要目標，等一下我再打給你，看是你的人先幫我跟或是追蹤器裝上了，就不用逼得太緊！」原來友希是誘餌！松哥用的是聲東擊西之計呢！

　　「我知道了！」這時吳宗志的車隊正經過西螺大橋，而紅色法拉利在三義下坡路段時速超過二百五十，被超過的車彷彿靜止般，一名被超車的統聯客運司機低頭看了一下自己的時速表，一百一十公里，他沒有靜止，只是紅色法拉利太快了，轉

眼間，法拉利只剩下一顆紅豆大小，然後消失在這名統聯客運司機眼裡。

機場裡，松哥及金二少一行人上了車，布萊特走到傑森的身旁：「有沒有裝上？」他著急的問。

「沒有！他帶了一台保時捷、二台寶馬黑色的休旅車，上面各有兩個人。」看來傑森遇上了麻煩，沒機會裝追蹤器。

「我知道了！趕快跟上吧！」布萊特立即撥電話給吳宗志。

「吳隊長，你們到那裡了？」他的語氣帶著些微的不安。

「雲林！」

「直接到台南，目標是白色藍寶基尼，三部黑色休旅車，一部是保時捷，兩部寶馬黑色的休旅車，別逼得太緊，我先把地址給你。」

嘉義交流道附近，紅色法拉利呼嘯而過，超越了跟監的十八輛車，不到十秒就消失在車陣中，吳宗志看著時速表，一百四十公里，紅色法拉利居然以高速超過他們，就好像這些車只不過是跑道上的障礙物一般。

議長住的別墅區外，監視人員都撤走了，四個議員向議長道別，個個紅通通的臉，醉得走路都要有人扶著，他們三三兩兩的由助手架上車子，分別回家去了。

　　車子開到三義的傑森看著照後鏡：「為什麼他們在後面？」傑森有點納悶。

　　「糟了！他們剛才一定到過休息站，看來我們必須小心一點，注意看金二少在不在跑車裡！」布萊特可能判斷錯誤了！

　　這時四部車幾乎同時從一部白色寶馬旁呼嘯而過，根本來不及看就被超過，布萊特低頭看了時速錶，指針的位置在一百五十，不到十秒，就只能看到最後一台被他們超過的統聯巴士。

　　「傑森！再快一點，別跟丟了！」布萊特催促著傑森。

　　「你說的簡單！這部車不像你想得那麼快！」傑森無奈的說。

　　傑森重踩油門，快速的超越十幾部車，時速來到了一百九十，此時窗外的景色早已看不清楚，但他們看見了白色藍寶基尼，另三部車已經不見，傑森連忙重踩煞車。

　　「那三台車不見了！」傑森說。

　　「他們一定直接到台中去了！」

　　「那怎麼辦？」

　　「一場屠殺就要開始了！我們先跟上去再想辦法！」

沒有靈魂的軀體

七：血洗豪門

　　「我們可能判斷錯誤了！等一會金二少應該就會直接殺進議長家，別派人去，你們的火力比不上他們的，請你們先盯好松哥，還有機會抓金二少的。」布萊特在車上繼續跟吳宗志聯絡著。

　　「好！我知道了！」吳宗志把所有人員全調到了松哥的豪宅附近，準備長期監視他，就這樣一行人浩浩盪盪進駐台南。

　　議長家的別墅大門口，一名黑衣人走向警衛室，他故意一腳蹲在地上綁鞋帶，好奇的警衛走出來關切，正要開口，黑衣人忽然拔槍，射中他的眉心，當場斃命，因為槍裝了滅音器，並沒有人發覺，警衛成了第一個亡魂。

　　解決了一個警衛之後，十二名黑衣人快速進入了別墅區，警衛室裡的另一個警衛正看著電視，完全不知道死神已經向他招手，他胸口中槍倒臥在地上，怎麼死的都不知道。

　　一名黑衣人推開一道門，兩個中年男子坐在那裡，茶几上一瓶紅酒，兩個酒杯各裝了約三分之一的酒，左邊那個男人轉頭向門口，脖子中了一槍，他伸手抓著自己的脖子，倒在沙發上，血還不停的噴，另一人還未轉頭，就已太陽穴中彈，並倒下打翻了茶几上的酒杯跟酒瓶。同一間屋內，一樓通往二樓的樓梯上，一個約五歲大的男孩跑下樓大叫：「爸爸…」就腹部

中彈從樓梯上往下滾，這些黑衣人是來滅門的，連小孩都不放過，他們手段凶殘，心狠手辣。

隔壁的客廳裡，三個大人、兩個小孩分別中了一至二槍，倒在血泊中，一名中年女人從廚房打開門往客廳走了一步，她見狀大聲尖叫著：「啊～～～」然後她身中三槍死在樓梯旁的廁所門口。

「糟了！出事了！快抄傢伙。」兩個男人連忙將床板翻面，各拿了兩把槍，還遺留了三把在那裡，來不及裝上滅音器，就急著要去救人，第一個男人才打開客廳往中庭的門，胸口腹部各中兩槍，身體一半在門外，一半在室內，另一個男人見狀，看也不看，伸出握著槍的右手胡亂反擊，十槍之後子彈用盡，他換了另一把槍，往門外一探頭，額頭上立即多了一個紅色的圓孔，他中槍向後倒在屋內。

這時，議長其他的手下共有六人拿著手槍，全都來不及裝上滅音器就被迫反擊，一名黑衣人腹部中了一槍，躺在地上，但這只是運氣好罷了！一枚手榴彈不知從何處飛了進屋子，在兩個人中間爆炸，一人被炸飛，頭撞破了玻璃，脖子卡在窗戶上，一片玻璃刺穿了他的喉嚨，死狀極慘。

　　震耳欲聾的爆炸聲讓其他四人暫時聽不到任何聲音，即使議長大喊著：「快逃！」議長看見另一顆手榴彈從破掉的窗戶丟進屋子並大喊著。一張單人沙發後面躲了一個人，這顆手榴彈恰巧掉在上面爆炸，椅子跟人一起被炸飛，他的手撞上餐桌的桌腳，脖子撞上了桌子的邊緣而折斷，當場氣絕，玻璃製的茶几桌面破了，一片尖銳的碎片插入其中一人的下腹部，他痛苦的臉，彷彿所有五官都皺在一起，他用右手想要將碎片拔出，但已力不從心，立即倒地，另一人右臉焦黑，右胸肋骨上一片碎片插著，衣服的右邊破爛不堪，他左臉撞上了木櫃，三分之二的頭在櫃子門外，左肩的骨頭粉碎性骨折，骨頭穿出了身體外，左臂撞斷，左小臂的骨頭穿過了肉，露出了約五公分在身體外，血還不停的滴著。

　　「阿龍！快跑！」趴在地板上的阿龍彷彿聽到有人在叫他，他探頭一看，右眼中槍，子彈射進他的頭裡，轉了半圈，他只感覺忽然一陣暈眩，便倒臥在地上，深紅色的血不斷地從他的右眼湧出，他再也看不見任何東西了。

　　地下室的停車場，一名女人拉著一個三歲大的小孩想要逃走，看到了滿地的屍體不知所措，她嚇壞了，將手鬆開，當她正想要伸手再拉她的兒子時，小孩右背中彈，子彈穿過了右前胸，他向前跌倒在地，並動也不動了，這女人見狀大喊著：「不～～～」她不敢相信自己的小孩就這樣死去，完全呆住了，黑

衣人走到她面前，冷冷地看著她，向著她的左胸連開了三槍，她死不瞑目，眼睛仍看著身旁的兒子。

經過了幾分鐘的血洗，黑衣人逐房搜索，見到衣櫥櫃子就開槍，躲在衣櫥裡的一個十歲大的女孩腹部中彈，倒下後撞開了衣櫥的門，旁邊一個小嬰兒，只有幾個月大，黑衣人遲疑了幾秒，他對著嬰兒床看著上面那個嬰兒，他笑著看著黑衣人，這名黑衣人將槍口對準他的胸口，閉上雙眼，扣下板機，結束他尚未開始的人生。

這時其中一個黑衣人從襯衫左邊口袋中拿出一張議長的相片，看了一眼：「奇怪！跑到那裡去了！」他對著同伴說。他們搜遍了所有的角落，最後全上了屋頂，水塔上，議長趴在那裡偷襲，殺死了兩個黑衣人，但他只有一把槍，十發子彈，再也沒有能力反擊，他站起來大聲問道：「你們是誰？為什麼要殺這麼多人？」但他永遠也得不到答案了。

金二少走向前，目露凶光，拿起手上的烏茲衝鋒槍朝著議長掃射，他腹部中了兩槍，退到了水塔的另一端，腳碰到了邊上的磚頭，從水塔上摔下來，頭部先著地，頭骨破裂，腦漿四溢，一代梟雄就此結束他的性命和充滿謊言的一生。

一名望著遠方的黑衣人看到了急駛而來的警車，回頭告訴金二少：「警察來了！」他們從容的從後門離去。

中港路黎明路口的高架橋上發生了車禍，傑森一臉憂心忡忡地說：「糟了！再等下去一定會出事！」

「算了！我們沒有武器，去了也幫不上忙！」

往市區方向的車道上，六部車撞成一團，白色寶馬在第八部沒有撞上，正好在高架橋最上方，十多部救護車從高架橋右下方的馬路上經過，布萊特打開車門，下車往馬路上看去，第一部車在路口右轉，其他的救護車也紛紛右轉，布萊特坐上車，門沒關上。

「完了！出事了！」

「你怎麼知道？」

「剛才不是有兩聲巨響！那一定是手榴彈，那個方向正是議長的家，接著又有零星的槍聲，還有，這裡發生連環車禍，那些救護車連一台都沒停下來，全都往議長家的方向去了。」布萊特的分析非常正確，但已經無濟於事。

議長家的外面，一部警車繞了一圈之後，停在大門口，兩個警察下車，身穿防彈衣，小心翼翼地靠近警衛室，警衛室裡兩具屍體，地上一條血跡從門外到門內，延伸到其中一具屍體

旁。中庭裡三個人躺在那裡，早已氣絕，一名警察連忙拿起無線電：「呼叫總部，議長家族慘遭血洗，死傷無數，請加派人員及救護車！」

「收到！」

兩人不敢大意，慢慢搜索著，救護車此時到了門外。

「救護車已經到了！」無線電又響起！

「讓他們稍等一下，我們還需要兩分鐘確認現場是否安全！」警員回答。

兩人加快了搜索的腳步，卻只見到處都是屍體：

「兇手應該已經走了，請局長來一趟吧！他會很忙的。」

救護人員一一檢查是否有人生還，顧不得是否會破壞現場了，地下室裡，一名救護人員抱著三歲小孩跑上了一樓，就是那個子彈從右胸前穿出的小孩，他拔腿向大門狂奔，血染紅了他和小孩的衣服，小孩微弱的聲音哭泣著並說著：「媽媽！媽媽！」

大門外，一部電視台的直播車，一名記者，一名攝影師正拍著救護人員抱著小孩衝向救護車這一幕。

　　陸續又來了幾部消防車、救護車、電視台的直播車，將馬路塞得滿滿，消防車正在滅火，別墅已經燒起來，熊熊大火連幾百公尺外都看得清清楚楚。

八：神秘大毒梟

　　台南市的某棟大樓裡，用紅色法拉利載友希的那個女人坐在沙發上，跟松哥一齊看電視新聞，跑馬燈上的字是：台中市議長家發生爆炸，死傷人數尚不明。畫面上播出正在燃燒的其中兩戶，這時警局發言人走向記者們：「議長及家人全遭槍殺身亡，沒有活口，在還沒有破案之前，現場禁止進入，否則將被列為嫌疑犯。」

　　「幹！連小孩都殺！」松哥邊看邊罵，畫面上播著那個抱小孩的救護員衝出大門的畫面。

　　「金二少真狠！你可別得罪他。」那女人冷冷地說。

　　「雅芳，妳先走吧！金二少今天不會來了，我先跟友希認識認識！」松哥身旁的女人叫做雅芳，但不是她的情人！她又會是什麼樣的角色呢？

　　「玩玩就好！聽說這馬子騷的很。」雅芳酸酸地說。

　　「放心！什麼樣的女人我沒見過。」

　　「吳隊長，你們要盯好，不然上百條人命全都白死了。」布萊特心情沈重地播電話給吳宗志。

　　「上百條人命？」吳宗志有些錯愕的回答。

　　「去找台電視看新聞台就知道了。」

　　吳宗志掛斷了電話走下車，往一家自助餐走進去，看著新聞台愣了一會，再走出自助餐回撥電話：「如果不能殺死金二少，你們兩個別想離開台灣。」他有些激動地說。

　　「我…」布萊特內疚的說不出話。

　　「不用說了！來不及了。」吳宗志有點不高興地回答他。

　　台中看守所內附設的勒戒所內，兩名主管在聊天：「奇怪！怎麼才一天就增加一百多人？」

　　「報紙有刊！海洛因的價格漲了三倍，我想這些人應該都是因為買不起才會進來的。」這時牢房裡一人毒癮發作，痛不欲生，呼天搶地，大聲哀嚎！主管叫了一位新收的收容人問他：「聽說四號仔的價格漲了三倍，是不是？」主管眼睛盯著他說。

　　「報告主管，你說的是真的，他們是從台南上來的，有夠狠！」他煞有其事地說。

　　「你知道是誰賣的？」這名主管打蛇隨棍上，追問下去！

　　「我只知道他叫松哥，不過我沒見過他啦！」不過他似乎語帶保留。

　　「你還知道什麼？」不過主管不是省油的燈，並沒有輕易放過他。

　　「議長的下線全被他接收了，就這樣！」他低著頭回答，想要逃避主管的眼光，怕被看穿心思般。

「你怎麼知道這麼多？」

「我的藥頭就是議長的下線，他告訴我的。」

「你怎麼進來的？」

「太貴！買不起，毒癮發作被送進來的。」

「你回房休息吧！」

吳宗志帶著六十餘人，全天候緊盯著松哥，他失去耐性了，撥電話給布萊特。

「連續三天了，只見他每天跟友希在泳池旁玩樂，電話都沒接過一通。」

「再盯幾天，一定會有收穫的！」布萊特安慰他說。

「我不這麼認為，因為有內奸！」傑森插嘴說。

「請等等。」布萊特轉身看著傑森。

「你說說看你的想法！」

「你想想！為什麼他不動作？是不是他知道了些什麼？否則現在全台灣都缺貨，他沒必要讓這些吸毒的人全進了勒戒所，如果我是他，一定會趁現在大肆發貨，狠狠撈一票！」傑森的分析非常正確，因為松哥太輕鬆了，完全沒有要出貨的意圖，就像是暴風雨前的寧靜般！

「有道理！」布萊特拿起電話。

「你們打算怎麼做？」吳宗志問。

「把你們的人全撤走，我跟傑森辛苦一點。」

「需要什麼支援？」

「武器。」於是這六十多人即將全數撤離台南，由布萊特跟傑森接手監視。

台中公園的湖心亭裡，吳宗志跟賴良忠又跟布萊特碰面。

「我需要清單上的東西。」布萊特拿出一張紙。

「你想蠻幹？」吳宗志瞪大眼睛看著他。

「不，是製造金二少跟松哥的衝突，如果有機會，我才會將他們一次解決掉，我需要你們兩個請假，配合我們兩人。」

晚上八點，警方的人全撤走了，布萊特在一處大樓裡用高倍率望遠鏡看著，白色藍寶基尼開出別墅，傑森開車跟蹤他，最後停在一幢大樓之外，他拿出電話。

「今晚應該可以混進別墅。」

「知道了！有動靜隨時通知我。」

凌晨三點，布萊特身穿夜行衣，即全身黑色並矇面，只露出兩個眼睛，背了一個小背包翻牆進了松哥的別墅，他在泳池旁的躺椅鋼管裡放了一顆竊聽器，溜進客廳後又在茶几等處裝

了幾顆，然後將那個小背包放進客廳的大花瓶裡，七尺高的大花瓶，他走出門，翻牆離開，回到大樓裡，打開一個黑色的大袋子，拿出一台筆記型電腦，打開它，設定好錄音程式又拿出一個搖控器測試訊號，隨即關上電源，拿起手機。

　　「傑森，回來休息吧！」

　　「知道了！」

九：驚人黑幕

　　早上八點，布萊特在車子後座上睡得正熟，傑森走下車，進了一間美而美早餐店，點了兩杯咖啡，一個三明治，坐在走廊上靠柱子的位置，看著蘋果日報上斗大的頭條：台中市議長家族疑似販毒黑吃黑，慘遭血洗。

　　第二排的內文寫著：二十四間別墅內，一百二十三人遭殺害，包括十八名幼童，僅一名三歲男孩倖存。警方逐一清查，現場另有三名黑衣人遭遇反擊,被手槍擊斃,據現場狀況判斷，殺手人數超過十人，火力強大，三名黑衣人所持手槍全裝上滅音器，顯然有周詳的計劃這次的屠殺，議長家族的人馬持有的武器亦相當驚人，共有中共制式手槍紅星三把、黑星六把、貝瑞塔二把、白郎寧四把，子彈共計一千四百五十七發，歹徒使用的武器另有烏茲衝鋒槍、手榴彈等，最讓人驚訝的是議長的寢室內，另有六把白郎寧手槍，子彈兩百三十四發，二十公斤的海洛因，看來議長販毒事實為真，並非他本人強調的只是傳說，誤會一場。

　　牆上的電視正播著新聞，傑森抬起頭看著：字幕上打著台中市議員許青山。他正接受十幾家新聞媒體的採訪。

　　「當初，議長靠著道上兄弟的支持當上了議員，並給我一千萬，要我聯絡其他當選的三十五個議員，每個人給兩百萬，

收錢的人必須在議長選舉時投他一票，不收的人就性命難保，你們還記得金凱旋議員吧！其實那場車禍是議長安排的，根本不是意外，還有黃世明議員，議長選舉時出國開刀，其實是他不想收錢也不想死，所以議長要求他出國。」

他拿出一條手帕擦去眼淚，繼續說：「各位印象最深刻的，應該是當初也出面競選議長的林議員吧！議長選舉前五天，他的獨生子吸毒過量暴斃，其實他是被議長的人抓去，強行注射毒品後丟在路旁的，我現在正式向警方自首，我手邊這一箱資料，就是我所知道的一切。」

屏東縣的渡假聖地：墾丁白沙灣的沙灘上，一個男人走向陽傘：「請問水上摩托車是跟你租的嗎？」

「是的！」

「我可以自己騎嗎？」

「可以，只要你技術夠好，並穿上救生衣就行了。」他騎上去之後，一直往外海騎去，不回頭。

派出所裡，水上摩托車業者：「這就是全部的經過！」警員從電腦上調了一張照片出來。

「就是他！」

「謝謝你！」

「所長！是台中市的徐議員。」警員起身並向後面的長官說。

「我會向上通報的！」

刑警隊裡，吳宗志站在台上說：「徐議員偷渡出境了，阿傑，去查他的帳戶、財產、保險、銀行保管箱、海外帳戶。」

「是！隊長！」

十：螳螂捕蟬

早餐店外，賴良忠拿了一個黑色的大袋子，打開白色寶馬行李箱放進去，並打開後門。

「布萊特，布萊特。」賴良忠搖著他的手。

「是你啊！？」布萊特勉強睜開了雙眼看著他。

「你要的東西我已經放在後面，別弄壞了，我還要拿去還的！」

「要還？」布萊特睡眼惺忪的回答。

「不然你要帶走嗎？」賴良忠開玩笑說。

「我知道了！」

「有什麼動靜嗎？」

「他躲進了他妹妹雅芳的住宅裡，晚上應該會出來活動。」

傍晚五點，白色藍寶基尼離開大樓，白色寶馬跟隨在後面，上了快速道路轉國道三號往南駛去，直奔終點林邊，下了高速公路之後來到一間海產店，藍寶基尼開進停車場，兩百公尺外，布萊特正用望遠鏡監看著，保時捷跟黑色休旅車也緩緩駛進停車場。

永興飯店是林邊知名的海產店，滿滿的客人，少說有兩三百人，松哥隨著服務人員走進包廂，隨後金二少與六名黑衣人也走進來，四名理著大光頭的壯漢跟在後面。

「坐！喝不喝酒？」松哥看著金二少問。

「高粱！」一名光頭仔搶先回答。

「金先生！你呢？」松哥再問一次！

「都行！」金二少簡單地回答。

「這裡的海鮮是林邊最出名的，各位請盡情享用，我請客！」

過了一會，龍蝦、紅蟳、魚翅等高級海鮮紛紛上桌，松哥對著剛才說要喝高粱酒的男人說：「明天的事，千萬不能出錯，否則你我都不用混了！」松哥很嚴肅的看著他。

「放心！保證沒問題啦！只要你們準時到達就行了。」這男人拍胸脯保證！

「好！喝酒。」松哥露出一絲笑容，帶著些許邪惡的眼神。

兩個小時過去了，雅芳的紅色法拉利出現在海產店門口，載走了松哥，後面一部黑色寶馬，一名男子走下車上了白色藍寶基尼，三部車一齊上高速公路。

「跟誰？」傑森問道。

「金二少！」望遠鏡中四名光頭男子上了寶馬後離去。

　　十五分鐘後，保時捷、寶馬休旅車離開海產店，往南開了一會，來到一條小路時轉了進去，傑森停在路口，兩人戴上夜視鏡，關掉車燈開了約五分鐘，幾百公尺外，休旅車停住了，布萊特用高倍率望遠鏡觀看，那是一處破舊的三合院，左右兩邊的屋頂早已破損，只剩下屋子正中間的部份是完整的，布萊特放下望遠鏡。

　　「他們在搬貨，應該有五百公斤。」他看著傑森說。

　　「這麼多！想不到這個松哥竟然是台灣的最大盤，難怪可以開超級跑車！」傑森似乎對松哥的實力感到有些意外！

　　「金二少也不簡單，可以運那麼多毒品進來。」

　　「今晚就是他們的死期，我們先走吧！」兩人開回大馬路上，準備再度跟蹤。

　　松哥的別墅，車庫門打開，金二少等人直接開到側門，黑衣人開始搬貨，客廳裡，金二少跟松哥坐在沙發上：「五百公斤！夠你賣一陣子了。」金二少笑著說。

　　「請鑑定看看，這次的鑽石好不好？我想留幾顆做戒指跟項鍊。」

　　「沒問題！只要你每次的量都這麼多，留十顆也行。」金二少似乎非常滿意這次的交易，笑容掛在臉上。

「這批貨等級很高，一顆至少值十萬美元。」一旁的鑑定師說，只見金二少哈哈大笑。

布萊特的電腦裡，金二少的影像正播著。

「傑森，動手吧！」傑森點了頭，兩人緩緩走向窗口，兩把裝有狙擊鏡的長槍裝上了滅音器，架設在三角架上。

「準備好了嗎？」布萊特問，兩人都已經就射擊位置。

「好了！」傑森回答。

「五、四、三。」兩人都已經準備開槍！

別墅內，玻璃忽然破了兩個孔，兩名黑衣人幾乎同時頭部中彈，腦漿四溢，血流滿地，眾人還來不及反應，一名黑衣人脖子中彈，血從脖子上向後大量噴出，另一個黑衣人在同時胸部中彈向後倒下，眾人開始忙著躲避紛紛趴下，就在眾人還來不及完全趴下時大花瓶忽然爆炸了，幾天前，布萊特藏在花瓶裡的竟然是搖控炸彈，四周圍還包了數百顆十厘米的鋼珠。

松哥趴在地上，右手拿出口袋中的手機。

「雅芳！出事了，妳快離開。」他只說了這幾個字就掛掉電話。他身旁的黑衣人右眼球上一顆鋼珠，額頭上三道傷痕，心窩上一片花瓶碎片，躺在地上喘息著，一名松哥的手下痛得滾來滾去，布萊特一槍射穿他的左背，子彈穿過心臟從左胸穿

出，鮮血直噴，一名正爬向牆邊的黑衣人右側胸部中了一槍，雙手頓時失去力氣，下巴著地。

雅芳抄起桌上的車鑰匙，拉著友希的手奪門而出，門也沒鎖就坐上電梯，直達地下室的停車場，快步走向紅色法拉利，吳宗志帶了八個刑警逮捕她們，只見雅芳跟友希臉上驚恐的表情。

別墅的客廳牆上，天花板上，白色的粉刷被鋼珠擊中，水泥掉下來，上百個灰色的孔，地板上，松哥左手掌上一片花瓶碎片，從掌心穿過手掌，他將掌心朝下，碎片是從食指與中指中間穿過。

「啊！」他大叫一聲並用右手拔出碎片，丟在地上，立即拉起茶几上的桌巾，把左手掌包起來止血，一個躲在沙發後的松哥手下探頭出來，額頭上方跟頭髮髮根交界處中槍，後腦勺著地。

金二少坐在牆角發抖著，地上一條長約兩公尺的血跡，連接到他的大腿旁，左大腿的褲子破了一條約五公分長的洞，一片小碎片插在上面，右大腿上一道長二十公分的破洞，從膝上十公分處一直向上延伸，大腿的肉被切開了，見到一點點的骨頭，右胸上一片大大的碎片，劃破了衣服、皮膚、肉，從兩根

肋骨中間插入身體，深及肺部，他咳了兩聲往前一趴，碎片插進身體，再也動不了，他死了。

「我去解決松哥，別讓他跑出來！」布萊特放下槍說。

「小心點！」傑森看著布萊特提醒他。

布萊特帶了一個黑色手提袋，身穿防彈背心，快速走向別墅，從後門翻牆進入。

「人在那裡？」布萊特用耳掛式無線電問。

「應該還在客廳裡。」

布萊特從袋中拿出兩顆手榴彈，往破掉的窗戶丟了一顆進屋子，轟！五秒之內他又朝屋子另一邊丟去，轟！被碎片擊中的松哥忍不住疼痛，叫了一聲，他用右手摀住被碎片擊中的右眼，大叫一聲：「幹！」

布萊特隨即知道了他的位置，站起來走到窗邊，再賞他一顆手榴彈，這顆手榴彈掉到地上後慢慢地滾到松哥眼前，在他的身旁爆炸將他炸飛，全身立即焦黑一片，結束他的生命。

連續的爆炸，附近的居民報案，警車從四面八方開來，布萊特翻牆，從後門走向白色寶馬，打開車門，冷冷地看著傑森說：「走吧！」

　　紐約市郊的一處墓園裡，布萊特站在一座墓前，手上一束鮮花，他將花放在墓前，對著墓說：「羅倫！我幫你報仇了，也成了國際刑警，破獲了幾個大型的國際販毒集團，但這些人就像蟑螂一樣多。」忽然間，他的背後傳來傑森的聲音。

　　一輛黑色休旅車從遠方開過來，傑森在車上大叫：「該走了！兄弟，別讓我錯過了第一局的比賽。」

　　「催什麼？」布萊特慢慢走向他。

　　「一張三千五百美元的門票，還有我的兩個妹妹，你的老情人都在等妳。」傑森手上五張洋基隊主場的球票對著他說。

十一：午夜牛郎

　　在婷婷住的套房裡，她打開衣櫥，十幾個名排包包，衣櫥上方有三個防塵袋保護著包包，她拿起其中一個，從裡面找出一本存摺，翻到最後一頁，最後一行的數字是二百八十七萬多元，走到床邊，拿起床頭櫃上的汽車雜誌，翻到其中一頁，介紹著寶馬，她又將雜誌翻到價格那一頁，用一隻紅筆在其中一個價格上畫了一個圈圈，二百四十八萬，她正盤算著買下這部車子，於是她又翻回介紹車子那一頁，仔細的看了又看，正當她用手指比著性能介紹表的時候，她的電話響了。

　　「喂！」

　　「婷婷姐妳好！我是琦琦，現在方便過去找妳嗎？」

　　「過來吧！我已經起床了！」

　　「那我馬上就到。」

　　不到一分鐘，門鈴就響了，婷婷打開門。

　　「進來坐吧！」

　　「婷婷姐！妳說過要開始教我一些功夫的，我們什麼時候可以開始呢？」婷婷坐在床邊，琦琦坐在椅子上。

　　「現在就可以開始了，妳為什麼要做這行呢？」婷婷注視著琦琦的眼睛問。

　　「為了男朋友。」

「什麼？為了男人！」婷婷不以為然的看著她，接著立即追問。

「他叫做什麼名字？」

「湯尼！」婷婷似乎已經知道湯尼的底細立刻回話。

「身高一百八十五公分，長相斯文，說話彬彬有禮！？」

「妳怎麼知道？」琦琦一臉驚訝看著婷婷！

「別學了，聽我把故事說完，妳再考慮要不要上班！」

「婷婷姐，妳確定是同一個人嗎？」琦琦疑惑地看著婷婷說道！

「妳看是不是他？」只見婷婷從桌上拿了一本相簿，翻到第二頁。

「妳怎麼會有他的照片，照片中那個女孩又是誰？」琦琦再次驚訝地看著婷婷，一臉錯愕！

婷婷點了煙，並幫琦琦也點了煙說：「八個月前…」

婷婷打開房門，斜對面的套房走出了一對男女，男人很高，一百八十五公分，女子對婷婷說：「妳好！我叫珍妮，他是我的男朋友湯尼。」兩人狀似親蜜，手牽著手。

「妳好！我叫婷婷。」

「以後要靠妳多多關照了。」

「為什麼？」

「湯尼下個月就要出國唸書了，所以我以後可能會常常來煩妳。」

第二天，婷婷打開房門，等著客人，珍妮恰巧也打開門。

「婷婷姊！妳好。」

「妳好！珍妮。」

「在等人？」

「客人」

「什麼樣的客人？」婷婷走到珍妮身邊，在她耳邊說了一句悄悄話。

「別告訴別人！」珍妮一副不可置信的樣子，這時來了一個又矮又瘦的男人。

「掰掰！」婷婷走進套房，珍妮一臉錯愕的呆立在走道上。

又過了一天，珍妮按了婷婷的門鈴。

「抽不抽煙？」

「不了！謝謝。」珍妮神情有異，婷婷發現了。

「怎麼了？有什麼事嗎？」

「我想…」珍妮欲言又止。

「有什麼事就直說吧！能幫的，我一定幫妳。」

「我想跟妳一樣，下海賺錢。」珍妮支支吾吾地。

「為什麼？」婷婷注視著她的眼睛問。

「湯尼出國唸書，需要很多錢。」

「妳考慮清楚，而且做雞其實是很辛苦的，絕不是躺在床上像條死魚就能成功，妳必須非常努力的取悅妳的客人，不論他高矮胖瘦，又老又禿又醜，妳都能應付才行，妳知道嗎？」婷婷非常嚴肅地告訴她！

「可是幾百萬的開銷，不下海的話，湯尼就只能唸一年，然後再回國賺錢，這樣不行的啦！他這麼上進。」珍妮說了一長串的話，並苦苦哀求。

「好！不過別後悔！」

四十天後，婷婷在中友百貨精品區仔細看著每個包包，猛一抬頭，湯尼正牽著一個女人的手，那女人年約五十五歲，親著他的臉，且一頭栽進他的胸懷裡，婷婷心想，這個女人絕不是他的媽媽，所以偷偷摸摸地跟在他們後面，最後到了遠東百貨對面一棟大樓，兩人走進電梯，電梯停在五樓，婷婷也進電梯到五樓，電梯門一開，一陣難聞的味道。

「是酒店？」婷婷自言自語地說，一名服務生走向她。

「歡迎光臨！小姐，一個人嗎？有沒有認識的公關？」婷婷想得沒錯！是牛郎店！

「對不起！我走錯了！」婷婷轉身離去。

時間回到婷婷跟琦琦的對話。

「珍妮就這樣被騙了一個多月，白白的被七十幾個不同的男人上過，每天還喝得爛醉如泥，在酒店裡任男人上下手其手，甚至沒戴保險套就上了，最後她懷孕了，但不知道小孩的爸爸是誰？於是我帶她去拿掉小孩，她賺的錢全給了湯尼。」

「不！不是的，湯尼不是這種人。」琦琦哭紅了眼，哽咽地說，她哭到無法言語 ，身體抽搐並不斷發抖著。

「先聽我說完，後來珍妮瘋了，住進了精神病院，一個月後…」

「婷婷！」

「菲菲？妳怎麼會住在這裡？」婷婷比著珍妮原本住的套房。

「這裡是我的男朋友湯尼買的。」

「男朋友？湯尼？」婷婷不可置信地看著菲菲。

「怎麼了？有什麼不對嗎？」菲菲似乎被嚇到了。

「來！進來抽根煙，我告訴妳一些事。」婷婷拉著菲菲的手進了自己的套房。

婷婷拿起一包煙，遞一根給菲菲，一根含在嘴裡，拿起桌上一顆印有美女的打火機，幫菲菲點煙，自己也深深吸了一口，低下頭後，用很認真的神情看著菲菲。

「我說了以後，妳千萬不能做傻事。」婷婷很嚴肅地說。

「有那麼嚴重嗎？」菲菲疑惑地看著她。

「妳先答應我！」婷婷依舊很嚴肅地說。

「好，我答應妳！」

「他是不是告訴妳要出國唸書？」

「妳怎麼知道？」菲菲真的被嚇到了，她張口結舌。

「是不是跟妳說學費只夠唸一年？」

「奇怪！妳怎麼那麼清楚，難道？」

「不是！」婷婷從桌上拿起相簿翻到湯尼跟珍妮那一頁。

「是不是他？」

「她是誰？」菲菲的表情跟琦琦看到照片時如出一轍。

「她跟妳一樣，被騙下海，不過現在已經瘋了。」

「我不信，妳一定在騙我，湯尼在美國唸書！」菲菲情緒差點失控。

「唸書？好！今晚別上班了，我帶妳去揭開他的真面目。」

時間再回到婷婷跟琦琦的對話。

「菲菲陪了一年半的酒，跟超過一千個男人上床，我怎麼說她都不信，我只好叫她扮成小男生，兩人一起到牛郎店，點湯尼的檯，唉！」婷婷深深吸了一口煙！

「是我害死了她，那天晚上，她搭電梯上頂樓，留下一封簡單的遺書。」

婷婷拿出那封遺書交給琦琦。

婷婷：

謝謝妳幫我脫離苦海！我再也不用擔心錢的問題了，更不用害怕對不起那個騙子了，請幫我告訴他，我死後會天天纏著他，直到他也死了。

菲菲　絕筆

「然後菲菲就跳樓死了！」婷婷冷冷地說

「這個混蛋！我要殺了他！」怒氣沖沖的琦琦緊握著雙拳，氣到發抖。

「別急，我有辦法對付他。」婷婷把頭靠向琦琦，在她的耳邊說了些悄悄話。

「就這麼辦！」琦琦目露凶光，雙拳仍然緊握。

　　凌晨六點，湯尼喝得爛醉如泥，一個人走在自由路上，他在成功路口攔了一部計程車，琦琦悄悄跟在後面，來到了漢口路上一棟大樓，也是套房大樓，待湯尼下車進了大樓，她便離去。下午五點，湯尼穿著拖鞋走出大門，沒化妝的琦琦從遠方向他走去，兩人在一間當鋪前相遇。

　　「湯尼！」琦琦大叫表現出非常驚訝的樣子！

　　「琦琦？」湯尼顯得有些錯愕。

　　「什麼時候回國的？我怎麼都不知道？」琦琦假裝不知情。

　　「昨天才到的，我正打算去找妳！」

　　「人家好想你。」她不顧旁人的眼光，緊抱著湯尼說。

　　「我等一下還有事，我們明天再見面好不好？」湯尼顯得有些不自在。

　　「好啊好啊！明天我要你陪我一整天。」琦琦表現的非常興奮的樣子，湯尼不知道他已經掉入琦琦的復仇陷阱之中。

　　「沒問題！那就明天見了，掰掰！」

　　琦琦的套房門鈴響了，湯尼就站在門外，她走過去將門打開，沒有擁抱而直接走回房裡，湯尼跟在後面沒有發現異狀，茶几上六瓶啤酒。

　　「我幫你倒！」她拿了一個大杯子，加了一些冰塊，湯尼一口氣就喝了半杯，琦琦又倒滿酒，湯尼居然又一口喝光他們。

「我先去洗澡，你等我一下。」琦琦說。

「好！」

琦琦走進浴室關上門，開了水龍頭，但沒脫衣服反而是坐在馬桶上等待，她低頭看著手表確認時間，等了十五分鐘後才走出浴室。

此時湯尼已經不省人事，因為琦琦在酒中下了迷藥，她拿出繩子將湯尼五花大綁，並將他的身體綁成一個大字型，嘴巴上還貼上膠帶，走出陽台，那裡有一盆木炭正燃燒著，上面放了一把已經火紅的剪刀，琦琦戴上一副厚厚的手套拿起剪刀，走進房，一手脫掉湯尼的皮帶，拉開拉鏈，脫掉內褲，朝著湯尼的命根子一刀剪下去，被下藥的湯尼痛醒了幾秒又立即昏睡，琦琦再朝他那兩個蛋蛋剪一刀，兩個蛋蛋掉在黃色的床單上，染紅了一小片，湯尼再度醒過來又隨即昏睡，琦琦回到陽台將剪刀再放到木炭上木，等剪刀又變成火紅色時拿起來，朝湯尼的臉上燙了幾條傷痕出來，並用力在他的右臉上劃出一條深深的傷口，然後拿起行李箱放在門口，擦去她最後所留下的那些指紋，並將他嘴上的膠帶撕起來，繩子割斷後全部帶走。

三個小時後，藥力稍退，湯尼痛醒了，迷迷糊糊打了一一九，還沒開口就暈倒了，他有些失血過多的現象，臉色慘白。

　　天津路底的慈善寺，門口兩隻白色的大象雕塑，一部火紅色的寶馬開進去，婷婷跟琦琦走下車，琦琦拿著一包水果，一束鮮花，走進其中一間祠堂，擺好水果鮮花之後，琦琦雙手合十。

　　「菲菲姊！我幫妳報仇了，妳要保佑我喔！」琦琦說。

　　南屯路上的靜和醫院，婷婷跟琦琦走向角落，一個年約二十歲的女孩，五官清秀脂粉未施，眼神呆滯，坐在地上抱著一隻六十公分長的小熊維尼玩偶，口中唸唸有詞地說：「湯尼，你在那裡？湯尼，你在那裡？」她不斷地重複著。

　　琦琦看了之後眼淚奪眶而出，抱著婷婷放聲哭泣！而珍妮依舊打赤腳坐在牆角，繼續說著那簡短的六個字。

　　「你一個字都不肯說，我實在幫不了你！」中國醫藥大學附設醫院裡，刑警阿傑正盤問著滿臉繃帶的湯尼，他拿出一張名片交給湯尼，隨即轉身離去，只見湯尼仍呆滯的眼神坐臥在病床上。

　　婷婷的套房裡，婷婷跟琦琦正在聊天。
　　「琦琦！妳有什麼打算？」
　　「回去唸書吧！我只有國中畢業，很多工作都不錄用我。」

「姊姊支持妳！別讓我失望。」這時門鈴響了。

「傑哥，請進，這是我表妹！」

「我今天…」

「我知道，琦琦你先到樓下等我。」婷婷搶話並讓琦琦離開那裡。

「不！我是來問妳…」

「議長不是全家都死了？」

「不！我是來問妳知不知道斜對面住的是誰？」

「那一間？」

「左前方那一間。」

「應該是個男人，二十五歲左右，很高，很帥，不過他好像是個午夜牛郎。」

「妳知道他的交友狀況嗎？」

「你還記得李飛兒嗎？從頂樓跳樓自殺那個女孩。」

「記得！」

「自從她死了以後，就很少看到這個男人了，怎麼了傑哥？發生什麼事了？」

阿傑把事情稍微描述一遍，兩個女人裝做很驚訝的樣子。

「那今天要不要…」婷婷走到阿傑後面，用雙手解開他的上衣鈕扣，使了眼色要琦琦離開。

「掰掰！」

「掰掰！」

阿傑又再度忘記任務，再度沉淪於婷婷的溫柔裡，門外，琦琦的右手壓著胸口，輕輕的說：「好險！」她走向電梯，走出大樓，消失在茫茫人海中。

沒有靈魂的軀體

十二：溫柔陷阱

　　皇宮酒店裡依然高朋滿座，三零三包廂裡，二個男人，一個年約四十歲，另一個二十八歲左右，還有一個大班在旁邊。

　　「小蔡啊！這間酒店什麼玩法都有，你今晚想怎麼玩？」年長的男人開口問。

　　「王董！您說怎麼玩，就怎麼玩！」

　　「好！今晚就找兩個護士來，幫她們打針，聽心跳。」他色瞇瞇的眼睛，竟盯著徐娘半老，風韻猶存的大班身上。

　　「紅姐！妳聽到了，一人一個，再來兩瓶威士忌。」小蔡說。

　　三分鐘後，兩個身穿全白色護士服的女人走進來，各拿一瓶酒，一桶冰塊，其中一名將酒與冰塊放在桌上，彎下腰，將頭微微向前靠到王董面前。

　　「帥哥你好！我叫芭比，怎麼稱呼？」她的上衣鈕扣一顆沒扣，露出了一半的胸部。

　　「王來發！」王董盯著她的胸部看得兩眼發直。

　　「王董你好！」

　　另一個女人也如法炮製。

　　「帥哥，我叫凱莉！怎麼稱呼？」

　　「小蔡！」小蔡也盯著她的胸部看得兩眼發直。

「蔡董你好！」

這時服務生走進來，拿來了兩件白袍跟聽診器，然後離去，兩個男人穿上白袍，脖子上掛了聽診器，芭比跨坐在王董大腿上，頭上頂著護士帽，上衣鈕扣全解開但沒脫下，小蔡跟凱莉的姿勢差不多，小蔡轉頭看到芭比右臂上一顆痣讓他大吃一驚，這時芭比脫去上衣，還有內衣，上身赤裸著，右胸側邊上一道疤痕，他似乎認出芭比了，這個女人跟他一定是熟人，他暗暗叫苦！

芭比接著用左手跟嘴幫王董服務，王董陶醉的眼睛閉起，芭比將頭一轉，盯著小蔡的眼睛，兩人目光交會，芭比舉起右手跟小蔡比了中指，隨即脫去內褲，全身光溜溜，頂著護士帽坐在王董身上，上下動著，他們正在做愛！

小蔡見狀，表情更是痛苦，索性閉上眼睛，任凱莉挑逗及撫弄，他終於抗拒不住，將凱莉壓在茶几上，從凱莉後面將他的寶貝插進去，發狂似的抽動著，王董舒服的閉上眼，而芭比仍不時的轉頭看著小蔡。

第二天晚上，小蔡單獨來到皇宮酒店，二一五包廂中，小蔡憤怒的說：「原來妳離家出走，是跑來這裡上班！」他憤怒的眼神瞪著芭比。

「蔡董！你喝醉了。」芭比裝蒜地回答著！

「我還沒喝呢！怎麼會醉。」他已經氣到發抖。

「那你怎麼盡說些醉話呢！」芭比又敷衍他！

「哼！」小蔡用力拍了桌子，正想動手打芭比，袖子捲了一邊，卻碰巧紅姐走進包廂，小蔡的拳頭揮了一半，他看著紅姐後將手放下。

「蔡董啊！是不是芭比的服務不好呢？你為什麼想打她啊？」紅姐問。

「這是我的家務事，妳管不著！」小蔡咆哮著！

「唉呦！芭比就像是我的妹妹，怎麼會管不著呢！」紅姐已經發現問題。

「她是我老婆！」小蔡依舊大聲咆哮著！

「原來是這樣啊！那你更不該來這裡，芭比來這裡賺錢很辛苦，你卻來這裡亂花錢！」這時小蔡已經氣到快失去理智，雙手握拳正想出手，卻見羅強走進包廂。

「紅姐！什麼事？為什麼門沒關？」

「沒事，這位客人忽然有事要辦，想要買單而已。」紅姐給了小蔡台階下，羅強是酒店的圍事頭頭，小蔡只好摸摸鼻子離開。

又過了一天，小蔡越想越不甘心，背著一個側背包，來到皇宮酒店大廳裡遇見了紅姐：「真不巧！芭比那個來了，今天請假，要不要安排別的女孩呢？」紅姐敷衍他，就怕出事！

「快叫那個賤人出來！」小蔡大聲且憤怒的咆哮著！

羅強快步走向他，但小蔡已經抓狂，忽然將右手伸入背包拿出一把黑色的手槍，對著紅姐開槍，紅姐大腿中彈，立即摔倒在地上哀號著，子彈卡在骨頭上還可以清楚的看到。

羅強是個見過大風大浪的圍事，仍大搖大擺的走向小蔡，豈料小蔡已經失控，發狂般的朝他開槍，由於距離很近，而且打中了胸口的正中間，羅強向後飛，腦袋碰到桌角，折斷頸骨，大廳中此時一陣騷動，許多客人都嚇呆了，蹲在地上不敢探頭，小蔡拿著槍，拔腿向外跑，沒人敢阻攔他，停車場裡，小風想要攔住小蔡，結果左肩中槍，倒在地上用右手按著傷口。

刑警隊裡，阿傑正問著芭比。

「他是我丈夫，前天去喝酒，剛好是我坐檯，我知道王來發是他的大客戶，他一定不敢得罪，所以我就故意跟王來發在他旁邊搞起來了！」芭比冷冷地說。

「所以他可能是要去殺妳的！」

「應該是！」

「妳為什麼要這樣做？」阿傑疑惑地問。

「五年前，我跟他結婚，婚前對我百依百順，沒想到這個混蛋結婚後三天兩頭往酒店跑，還跟酒店裡的女人生了一個小孩，現在都四歲了，我是元配，他卻不願意跟我生小孩，去年八月，我不告而別，快一年了，我的手機從來都不關的，他卻連一通電話都沒打給我，聽我父親說，他也沒有找過我，你說這種男人還有什麼用？」芭比氣憤地說。

「那他現在住在那裡？」

「你可以去問美麗姐，她是另一個大班，那個搶我老公的賤女人就是她帶的，花名是娃娃！」

娃娃的住處，一個四歲大的男孩，天真可愛，正在玩地上的玩具車，一部橘紅色的玩具車，他用左手拿著它爬上沙發，門鈴響了，娃娃打開門。

「你好！我是刑警隊長吳宗志，我們找蔡先生！」他的身後共六個警員跟著。

「請等一下！小蔡！找你的！」娃娃回頭叫他。

「對不起！我得去坐牢了，以後成成要交給你照顧了！」小蔡走向娃娃，雙手握著她的雙臂。

　　小蔡抱起成成對他說：「成成！爸爸要跟這幾個叔叔出去一下，你要聽媽媽的話喔！」成成似乎已經看出吳宗志的來意，放聲大哭！娃娃抱走了他。

　　「爸爸！你不要走，爸爸！你不要走。」娃娃的淚水也在此時決堤，兩行淚水將臉上的妝給弄花了。

　　「請跟我來！」小蔡帶著吳宗志等人進房間，在衣櫃裡拿出了犯案的背包與槍彈，他沒有反抗，反而早有準備。

　　芭比的缺很快的就有人補上，婷婷的套房裡：「依依啊！妳這麼拼命幹嘛？白天接客，晚上喝酒，不怕累壞了？」婷婷問道。

　　「我家住四川，很小的時候，我父母就死了，十三歲那年，我唯一的依靠爺爺也死了，為了生活，只好出來賣嘍！可是大陸人實在是太窮了，一次五十元、一百元的，一個月賺不到一千，怎麼活下去呢？」依依是個苦命的女孩，這樣的狀況，在中國大陸卻是司空見慣，不足為奇。

　　「所以妳嫁來台灣？」

　　「是啊！沒想到我老公是個賭鬼，嫁來台灣才十天，他就被高利貸打斷了一條腿，一個月後房子就被他們拿走了，所以我只好重操舊業了！」依依氣憤地說。

　　「男人啊！沒一個好東西！還是靠自己吧！」婷婷酸酸地說。

　　「我也正有此意，存夠了錢，我再回四川。」這時婷婷的電話響了。

　　「喂！你好！是，我知道了！」婷婷走到陽台又走回來，依依並不知道婷婷在說些什麼。

　　「這個客人給妳，好好幹！」婷婷把客人轉給依依，當作照顧她。

　　「謝謝！」

十三：大陸新娘

　　另一間套房裡，依依打開門，她身穿天藍色洋裝，眼睛不停的轉動，有些緊張，有點羞怯地說：「榮哥你好！我叫依依。」

　　「我知道，婷婷告訴我了！」兩人走進門並關上它。

　　「要不要洗澡？」依依的眼睛仍不停的轉動，依舊很緊張！

　　「不必了！妳過來，陪我看電視就行了。」男人拿起搖控器，轉到體育台，並壓了一疊千元大鈔在搖控器下面，至少有三十張。

　　「不必脫了！」榮哥對著正要脫衣服的依依說。

　　「那要幹嘛呢？」依依疑惑地看著榮哥說。

　　「我說過了，陪我看電視就行了！」

　　五個小時後，婷婷的套房裡：「五個小時，他都沒說話，只起來尿尿一次，我問他話，他都要我別問那麼多！」

　　依依告訴婷婷今天的遭遇，卻只見婷婷張口結舌，看著依依！一副不可置信的表情！

　　「他給妳三萬，卻沒碰妳？」

　　「連手都沒亂摸呢！」

　　「這麼好的事怎麼我都遇不到，妳才來三天就遇上了這個怪咖。」婷婷嘀咕著！

　　依依的套房裡，牆上的日曆又是星期六，榮哥又來光顧了，他一樣不愛說話，下午五點，他就像下班一樣，準時離開，並再度留下三萬元！

　　就這樣日復一日，每當牆上的日曆是星期六，榮哥就會在下午一點準時出現在依依的面前，五點的時候準時離去不曾多留一刻！連續十三個星期都是如此，直到這一天，第十四個星期六下午，榮哥意外的沒有出現，也沒有打電話通婷婷，依依開始坐立不安，滿腦子都是這個男人的身影，她耐不住性子，撥了電話給榮哥。

　　「喂！請問找誰？」咦？怎麼是個小女生？依依愣了一下。

　　「請問榮哥在嗎？」

　　「爸爸出去一下，再十分鐘就會回來了！」

　　「妹妹！妳叫什麼名字？」

　　「我叫可人！姊姊妳找爸爸有事嗎？」

　　「喔！沒有，掰掰。」

　　「掰掰。」依依竟不知所措，匆忙的掛掉電話，她開始發呆甚至打瞌睡，忽然間電話響起。

　　「喂！請問剛才是不是有人撥電話過來？」

　　「是我，依依！」是榮哥的聲音，依依充滿期待，卻落空了！

「有什麼事嗎？」

「今天怎麼沒過來呢？人家好想你！」她真的愛上這個男人了！

「今天是我女兒十歲生日，我答應要陪她的，下星期見。」

「掰…」榮哥還沒等依依說再見就掛掉了電話。

話筒裡只剩下嘟…嘟…嘟…冰冷的聲音一聲又一聲的重擊著她的心，她一臉失望的表情，久久才將電話放下，疑惑的依依，爬上床，抱著榮哥送的大乳牛娃娃，長一百二十公分的大娃娃，若有所思，眼裡含著淚，獨自看著榮哥平常最愛看的旅遊頻道。

一個星期很快又過了，榮哥又沒來，依依呆呆地看著牆上的日曆，桌上的鬧鐘指著下午三點五分十七秒，她忍不住相思之苦，又撥了電話…

「我女兒感冒！我要照顧她，再見！」依依連開口的機會都沒有，她的心像是被人重重一擊，她呆呆地看著電視，打開收音機，放進一張唱片，是江美琪唱的親愛的你怎麼不在我身邊，依依不知道重複聽了幾遍還是繼續重複著這首歌，天黑了，她手中仍然抱著那隻乳牛，讓這首歌一直重複地播放著。

牆上的日曆又是星期六，桌上的鬧鐘指著下午一點，依依打開房門，見到榮哥欣喜萬分，門一關上便緊緊抱著榮哥不放。

「人家好想你！」

「依依，妳想跟我在一起，是嗎？」榮哥非常嚴肅的問。

「嗯！」

「妳知道我是誰？」他依舊非常嚴肅的問。

「不知道！」

「有沒有老婆？」

「不知道！」

「妳了解我多少？」

「完全不了解！」

「那妳為什麼想要跟我在一起？」

　　依依拉著榮哥上床，她依偎在榮哥身上，將自己可憐的身世娓娓道來，也說出她的願望。

　　「我希望有個男人可以依靠，那個男人就是你！」依依堅定的眼神看著榮哥！榮哥沈思了一會。

沒有靈魂的軀體

十四：替　身

　　「好！我暫時答應妳，不過，從今以後妳不可以再去酒店上班，也不可以接客，更不能背著我偷男人！」榮哥盯著依依的眼睛，等她回答。

　　「我答應妳！」豈料依依想都不想就回答他。

　　依依深情款款地看著榮哥，並開始吻他的耳、唇、脖子、全身，兩人脫光了全身的衣物，幾個小時後，榮哥的電話響了。

　　「爸爸！你什麼時候回來啊？我肚子好餓喔！」

　　「可人！爸爸十分鐘後回去，妳到樓下等我。」榮哥急忙沖澡穿起衣服。

　　「等我的電話！」

　　「再見！」她的心終於有一種踏實的感覺，帶著些許的幻想。

　　依依走到陽台上，看著馬路上來來往往的車，馬路上，榮哥走進對面棟大樓，牽了一個十歲大的女孩，攔了一部計程車離去，依依看著計程車，消失在遠方的車陣中。

　　依依拿出另一張唱片，是光良的童話，她依舊一直重複聽著。

　　三天很快的過去了，依依的電話終於響了，她正要改變自己的一生，苦難的一生她終於要脫離這樣的世界了。

「喂！」

「行李收拾好，搬過來我這裡住吧！」

「等我一個小時。」一個小時後，對面的大樓二十三樓，榮哥打開門。

「進來吧！」

一幅油畫掛在客廳裡，足足八尺寬，依依左顧右盼了一下，屋子相當寬敞，牆上掛滿了畫，至少三十幅以上。

「依依阿姨，妳好！」她好奇的走到每一幅畫前面看著，走到其中一間房間門口時看見了榮哥的女兒。

「妳好。」依依被嚇壞了，她癡癡地望著可人，雖然可人只有十歲，但她的五官，竟然跟自己如此相像，簡直跟自己小時候一模一樣，書桌上，擺了一張照片，依依走進一看，一個女人抱著一個兩歲大的小女孩，仔細一看，那女人竟跟自己如此相像。

「可人！媽媽呢？」依依問道。

「媽媽三年前病死了！」可人天真的看著依依回答。

「對不起！」

「爸爸說妳要來當我的新媽媽，我本來死都不肯，他說等我看到妳以後一定會改變主意。」

「那妳現在改變主意了嗎？」

「依依阿姨！那我現在可以改口叫妳媽媽了沒？」可人笑得很開心。

「當然可以。」

「媽！妳為什麼要哭啊？」依依兩眼含著淚，滴到了可人手上，她抬起頭問。

「她是太高興了！」榮哥在門口說。

榮哥左手抱著可人，右手摟著依依，眼前，一幅二尺寬三尺高的油畫，一個女人，髮型是妹妹頭，身穿白色襯衫，背後是向日葵花田，那幅畫中的女人，簡直就是依依，上面的簽名是五年前。

十五：新仇舊恨

　　台中市新社的一處三合院裡，一名年約五十歲的婦人，正低著頭忙著整理香菇，娃娃的兒子成成跑向她並抱著她。

　　「阿嬤！」

　　「乖孫！」娃娃正走到門口，看到這一幕，那婦人抱起成成笑得很開心，三人走進客廳。

　　「阿公怎麼了？」成成走向坐在輪椅上的老人說。

　　「他跌斷腿了！」

　　「爸，怎麼這麼不小心！」卻見那老人一臉不悅。

　　「小蔡呢？」娃娃低頭不語。

　　「他又欺負妳了，是嗎？」娃娃的父親相當不悅！

　　「爸爸被警察抓去了，現在理光頭，好醜喔！」成成童言無忌，說出了他爸爸的處境。

　　「到底怎麼了？」娃娃的父親急著問。

　　「他跑去酒店開槍，傷了三個人，可能要關很久。」娃娃面有難色地說。

　　「這個臭小子！早叫妳離開他了。」娃娃的父親氣的拍桌子說。

　　「爸，我這次回來…」娃娃欲言又止。

　　「要我幫妳帶成成，是嗎？」娃娃的母親說，只見娃娃點點頭。

「妳在外面一個月賺多少錢？」娃娃的母親問。

「大概十萬！」

「夠不夠買藥的錢？」

「我知道喝酒對身體不好！」

「那就別喝！」

「可是…」

「妳爸爸現在腿斷了，最少半年不能工作，我忙不過來，妳能回來幫忙嗎？」

「我…」

「別看不起種香菇的，現在這裡成了觀光區，去年我跟妳爸賺了一百二十萬！實實在在，不比妳陪酒差。」

「那弟弟的學費夠嗎？」

「他現在功課很好，拿了不少獎學金，不用擔心。」

「好，我明天就搬回來。」


皇宮酒店的辦公室裡，老闆大發雷霆。

「美麗，娃娃的男人打傷了三個人，把她找來，我有話要問她！」

「昭哥，這…」美麗有苦難言！

「這是什麼，妳眼裡還有沒有我這個老闆！」昭哥發了狂似地咆嘯著！

「她已經辭職了。」

「我不管！妳要是交不出人來就別想混了。」昭哥用力拍著桌子怒視她。

美麗哭著走進休息室，小玉問她。

「美麗姐！什麼人欺負妳？」剛轉到美麗旗下的小玉關心的問著，美麗一五一十的把小蔡的事說了一遍。

「這件事就交給我吧！」小玉信心滿滿地說。

「可是…」美麗仍難掩擔心的表情！

「放心！娃娃不會有事的！」看著小玉拍胸脯保證，美麗也不再多問了。

辦公室裡昭哥仍氣呼呼的，小玉敲門想找他。

「門沒關啦！」他大聲的咆哮，小玉打開門，慢慢走向他，穿著白色上衣的她，粉紅色的短裙，露出美腿，腰一彎下， 豐滿的胸部露了一半出來。

「昭哥，聽說你在找我的好姊妹，娃娃，是嗎？」昭哥正盯著小玉的胸部。

「係啦！聽說她辭職了。」他用台語回答。

「火氣別這麼大，你這樣我怎麼放心把她的地址交給你。」小玉左手撫摸著他的胸部並從昭哥的前方走到後方，頭靠向他的耳邊說。

「好！我不生氣。」昭哥立即變了一個臉色，被小玉這麼一挑逗，他慾火焚身，一把抓住小玉的右手，瘦弱的小玉一屁股坐到他的兩腿上，昭哥正要伸手進她的裙下，小玉伸手擋住。

「昭哥，人家今天不方便。」她故意輕聲細語，想挑起昭哥的慾火。

「那有這麼巧，我不信！」小玉鬆手讓昭哥直探桃花源。

「怎樣？對不對？」他摸到了衛生棉後知難而退。

「幹！什麼時候把她帶來？」但他卻依然不死心，在小玉大腿上摸來摸去。

「你要答應我，不為難娃娃。」

「好！我答應妳。」昭哥勉為其難的答應了。

「不過…」昭哥接著又說。

「不過什麼？」

「我要妳們兩個陪我一個月。」

「這…」

「別說了，就這麼決定了，這是不傷害她的條件。」

「昭哥，那我先去上班嘍。」

　　娃娃老家的三合院裡，成成正在跟一個小女孩玩家家酒，兩部皇宮酒店的車開到門口，受傷的小風先走下車，他打開前座右側的門，羅強裹著紗布走下車，他的脖子上還裝了固定器，六個壯漢也紛紛下車，個個手拿著黑色的球棒，其中一個人拿著一把黑色的手槍，正要往三合院走進去，忽然間冒出二十多個人，全都拿著槍指著他們，其中一個穿著警察制服，階級是三線一星，拿槍的年輕人衝向成成，企圖以小孩要脅，客廳裡走出一個男人，正是賴良忠，他拔槍朝這年輕人的肩膀開槍，子彈貫穿右大臂，他的槍掉在地上。

　　「我是台中市警察局長，現在依法逮捕各位。」眾人紛紛將棒球棍丟下並抱頭蹲下，只有小風不肯屈服還被阿傑用槍托從頸部後方打了一下。

　　警察局裡，羅強一個字都不肯說，他跟眾人都直接被移送到地檢。

　　皇宮酒店辦公室裡，昭哥又發飆了，他找來小玉。

　　「幹！為什麼人都不見了？是不是妳在搞鬼？」

　　「昭哥，我怎麼聽不懂你在說什麼啊？」小玉故意裝傻回答。

　　「我說羅強他們一大票人去娃娃家怎麼還沒回來！」昭哥不知道自己已經大難臨頭！

「別急嘛！說不定等等就回來了。」

「哼！」昭哥耐不住性子，拿起電話撥給羅強，只是都沒人接。

「羅偉！立刻過來，帶幾個小弟跟傢伙。」隨即掛掉電話。

「昭哥，你想反悔？」小玉看著昭哥說。

「只要她乖乖配合，我保證不會動她！」不到十分鐘，有人敲門了。

「進來。」羅偉帶著八個小弟走進辦公室，小玉正坐在昭哥的大腿上。

「昭哥，什麼事？」

「你哥不見了，我懷疑被抓了，你帶人去找。」

就在羅偉一行人走進酒店之後，忽然間警察來了，至少三十輛警車還有一些偵防車，帶隊的正是局長，陸陸續續又來了不少警車，將皇宮酒店團團圍住，由於圍事的人都不在，所以沒有人通知昭哥，這時大廳已經開始大規模臨檢，並逮捕一名持有毒品的嫌犯，還有兩個持有西瓜刀的年輕人，五樓的辦公室外，二十多個警察穿著防彈衣，慢慢走向辦公室，昭哥火氣正大，又叫又罵，連門外的警察都聽到了。

「抓不到人就別回來見我。」

「是。」羅偉回答他，吳宗志跟賴良忠帶著警察走進辦公室。

「昭哥是嗎？不好意思！臨檢。」

羅偉身上兩把槍，立即被銬上手銬，另有五個小弟也因為帶刀或槍被帶走，只見昭哥推卸責任地說：「不關我的事。」

「是嗎？好，是你自己說不關你的事的，那麻煩你配合一下，我們要搜你的辦公室。」吳宗志說。

「好，沒問題。」昭哥起身讓警察搜索，他的抽屜裡，阿傑拿出了三包東西。

「隊長，兩包白粉，一包安非他命。」

「昭哥，你有什麼話說？」

「那不是我的。」

「好！有什麼事驗過尿再說，麻煩你跟我們回警局一趟。」

警局裡，連同昭哥共十三人被逮捕，他驗了尿。

「你的尿液呈現陽性反應，你不承認也沒用。」吳宗志說。

「沒有就是沒有。」

「明明是昭哥你叫我們帶傢伙去的，現在居然推得一乾二淨。」昭哥的回答讓一旁的小弟沈不住氣說。

　　其他七人也紛紛做證，羅偉也只好跟著承認，昭哥做完筆錄後隨即被移送地檢，並裁定收押禁見。

　　「妳為什麼要跟這個魔頭做對？不怕他殺了妳？」吳宗志好奇地問小玉。

　　「誰叫他想押走娃娃！」

　　「不，一定還有別的原因。」

　　「這…」小玉面有難色。

　　「不方便說？」

　　「嗯。」她湊到吳宗志耳邊輕輕地說。

　　「他以前曾經強姦我，我沒證據告他，只好藉這個機會報仇。」

　　「難怪妳會這麼恨他，對了，他明明沒吸毒，妳是怎麼辦到的？」吳宗志好奇的問。

　　「那還不簡單，他那麼好色，我只要把那三包塑膠袋粘在衣服上，再用我的手拉著他的手，摸啊摸的，每一包都有他的指紋，哈哈哈～」小玉得意的笑了。

　　「那尿呢？」

　　「這更容易了，他喜歡喝咖啡，又喜歡喝很甜，我在他面前光明正大的把白粉當奶精，安非他命當成糖加進去，喝死他這個王八蛋。」

「妳不怕他知道了以後找妳報仇？」

「這就要麻煩兩位隊長了,聽說他家裡還有一批軍火,夠你們關他二十年了。

十六：殺人兇手

　　早上九點半，吳宗志帶了二十多名警察來到昭哥的家，七期的豪宅，別墅區裡，一個菲傭，牽著一條紅貴賓狗，警衛怕得罪昭哥不敢放行，吳宗志拿出搜索票，警衛比著菲傭：「叫她帶你們進去吧！」

　　門一開，一位氣質出眾的美女，長髮及腰，年約二十五，身高約一百七十五公分，身材高挑，穿著全白的運動服，仍然讓人覺得她的皮膚非常白皙，晶瑩剔透，她立即吸引了所有警察的目光。

　　「請問各位警官大人，有什麼事嗎？」她輕柔的語氣問著吳宗志等人。

　　「請問妳是昭哥的什麼人？」

　　「我跟他沒關係。」

　　「那妳為什麼住這裡？」吳宗志疑惑地問她。

　　「錢！他一個月給我五十萬，外加一台休旅車跟女司機。」結果這個美女居然不諱言地說。

　　「這麼說是他包養妳嘍！」

　　「沒錯。」

　　「這是搜索票，請妳配合。」吳宗志拿出搜索票給她看。

　　「請！不過東西都不是我的，我住在對面，別賴到我頭上。」

「什麼事情啊？美華！」樓梯上走了一個年約六十的男人下來並問道。

「警察說要搜索。」她回頭回答。

「北北！沒事的話我先回去了。」接著又說。

「喔！好吧。」

「陳先生是嗎？」

「是的，我是陳新一，有何貴事？」

「這是搜索票，我們接獲線報，貴公子在家中藏了不少軍火。」

「不會的，他是正正當當的生意人。」陳新一顯得非常驚訝！

「陳先生，請你配合，先帶我們到他的房間吧。」

衣櫃裡查到一些東西，吳宗志走向阿傑。

「隊長，你看。」一把烏茲衝鋒槍，兩把白朗寧，一把霰彈槍，十幾把西瓜刀，子彈數百發，陳新一不敢置信：「不，這不是真的，不是真的。」陳新一呆住了，一直重複著這句話！

「求求你放過他，我就這麼一個兒子。」他跪在地上，拉著吳宗志的褲子。但不論他怎麼苦苦哀求也沒有用，因為昭哥犯的是滔天大罪！

三個月前，小風撥了一通電話。

「子豪，跟著我現在的大哥羅偉，一定可以賺大錢的！」

「真的嗎？」子豪非常高興！

「當然是真的，我現在一個月隨便就賺五六萬！」小風炫耀說。

「好！我現在去找你！」


第二天，吳子豪跟七個人手持棒球棍，到一家知名的泡沫紅茶店。

「找你們老闆！」羅偉說。

「我不知道老闆是誰？」服務生說。

「叫你們店長出來。」羅偉大聲地說。

「店長下班了！」服務生說。


「那現在誰負責？」

「是我！」一個身高只有一百五十五公分的女孩，看上去應該只有十九歲。

「請問大哥有什麼事嗎？」

「我找你們老闆！」

「請問您是找陳董、張董或是蔡董？」

「周啟清！」

「抱歉！他不是我們的老闆，而且他還欠張董一百五十萬。」

「那妳知道要怎麼找到他嗎？」

「知道！」她拿出一張名片。

「我不能確定他還在不在這裡。」

「謝謝妳！」

「先別謝我！找到人要到錢再謝我吧。」

「妳知道我們是來討債？」

「你們那麼兇，又帶球棒，八成是準備討不到錢就砸店。」

「哼！走了。」

周啟清的住處大門深鎖，早已人去樓空，大門上一張法院的封條，旁邊還有一張已經拍賣流標兩次的說明書，撲空的羅偉不分青紅皂白的就下令砸店。

泡沫紅茶店裡，羅偉等人拿著棍棒開始破壞，桌子、椅子、玻璃、杯子、廚具等無一倖免，客人全都嚇得紛紛走避，員工們全都蹲下。

「叫你們老闆出來，否則全都休想離開。」羅偉叫道。

　　「是不是叫一個老闆來我們就可以走了？」只見那個矮小的副店長站起來，走向羅偉勇敢地問他。

　　「當然。」

　　「好！我打電話。」

　　「你好！我是張清雲，這裡的最大股東，請問各位有什麼事嗎？」十五分鐘後，一名年約五十的男子來到店裡。

　　「你少裝蒜了，你欠我們的酒錢呢？」

　　「什麼酒錢？我聽不懂你在說什麼？」

　　「周啟清的酒錢。」

　　「他還欠我錢呢！我跟各位一樣，都被他騙了。」

　　「幹，你還裝傻，小風，把人帶走，不準報警，否則你們全都有事。」羅偉對著其他員工威脅說。

　　大肚山上都會公園附近一塊空地上，兩台休旅車，小風跟其他小弟正在挖洞，羅偉將張清雲一腳踢倒掉進那個洞。

　　「你有兩個選擇，一是埋在裡面，二是拿錢出來。」

　　「我的錢已經被他騙光了，那裡還有錢。」

　　「你總有親人吧？」

　　「沒有。」

「死鴨子嘴硬。」羅偉一棒朝他後腦袋敲下去。

「真的沒有。」這是他得最後一句話！

「埋了他。」

張清雲就這樣被活活的埋了，他痛苦的掙扎著，不過雙手被反綁，也只能接受死神的召喚了！

警察局裡的偵訊室，吳子豪告訴吳宗志一件驚人的事。

「那天的情形就是這樣。」

「你還記得在那裡嗎？」

「記得。」

「那現在就走吧，去把他挖出來。」

大肚山上都會公園附近這一塊空地上，吳宗志押著羅偉等人。

「其他的屍體呢？羅先生！」挖出了張清雲之後吳宗志問。

「哼！」

「小風，你說吧！不說就把你當主謀起訴。」小風看著羅偉不敢說話。

「我知道！」吳子豪走向其他五個地方指著。

「就是這幾個地方。」

「動手挖吧！兄弟們。」

一共挖出了六具屍體，只見羅偉仍然冷血的看著。

「陳昭賢教唆殺人罪成立，判處死刑，羅偉為共同正犯，判處無期徒刑。」法院裡，法官宣判。

昭哥的父親陳新一聽完宣判當場昏倒，羅偉仍冷冷地看著法官們。

十七：江山易手

皇宮酒店並未因此而沒落了，接手的胖哥將店名改為紫禁城酒店，並在酒店旁蓋了一幢套房式大樓，即俗稱的砲房或砲間，顧名思意：即男歡女愛的場所。

這幢大樓裡，婷婷拉著客人走進電梯，送他到大廳，出了大廳就是停車場。　酒店二樓的包廂裡，身穿比基尼陪酒的小姐共有四人，分別穿著天空藍、白、粉紅、橘色，兩個男人正大聲的划拳，婷婷說：「陳董，怎麼這麼久沒來，是不是把人家忘了？」她故做嬌態卻吃了閉門羹！

「少囉嗦！喝酒！」陳董倒了一大杯酒拿到婷婷面前。

「罰妳亂說話！」陳董是存心找碴，這種情形在酒店幾乎是天天上演！

「陳董，這杯酒我代替婷婷喝。」凱莉說完就舉起杯子一口喝光那杯酒。

「誰準妳替她喝了，那麼愛喝，這一瓶，一口喝完我就原諒妳。」陳董拿著剩下三分之二的酒說。

「那有什麼問題！」凱莉依舊一口喝光那瓶酒，帶著幾分醉意。

「陳董…」然後凱莉就朝著陳董一吐，陳董滿身的嘔吐物並嚇到了，凱莉接著又吐了幾分鐘。

「來！我帶你去洗澡，換套乾淨的衣服。」婷婷拉著陳董的領帶。

「幹！有夠衰。」

酒量再好的人一次喝那麼多烈酒也受不了，更何況是酒量普通的人，所以這種遊戲經常玩到吐在客人身上，不足為奇，要怪就要怪陳董愛糟塌遭人，自作自受！

另兩個身穿比基尼的女人，一個親吻著另一個客人的耳朵，左手伸進他的襯衫內，輕輕撫摸他的胸部，穿橘色的女人背對著男人，用臀部磨擦著男人的小弟弟，不到一分鐘，那男人便脫去那橘色的泳褲，從背後進入那女人的身體，玩起一王二后的遊戲，一隻手正抓著身穿白色泳褲的女人左胸，吐完走出廁所的凱莉見狀便回到了休息室。

「又吐在客人身上，這個月已經第三次了，下次就會是最後一次，知道嗎！」美麗斥責她。

「下次…不會…」半醉的凱莉話還沒說完就碰的一聲跌倒並撞上旁邊的櫃子，額頭上流了一些血，從右眉到鼻子，延著嘴角到下巴，司機阿三連忙拿了急救箱，將凱莉拉到沙發上，這時凱莉早已不省人事。

凌晨五點，大部分的客人早已離開，下班的女孩們三三兩兩走向停車場，有的醉到被架出來，而凱莉早已分不清東南西北。

「凱莉，妳的車在隔壁。」阿三坐在駕駛座上看著她，婷婷扶著她下車再上車。

二十分鐘後，婷婷的套房樓下，二十多個女人，在清晨五點二十三分醉醺醺地，分別進了三部電梯裡，結束這一天的苦難，那戴上面具迎來送往，假裝成另一人的苦難，那沒有靈魂的軀體，終於又和自己的靈魂相聚了。

十八：劫後重生

「鑰匙呢？不見了！」凱莉迷迷糊糊的打開包包翻了又翻。

「唉！去我那裡睡吧！」說完婷婷架著已經快跌倒的凱莉回到自己房間。

浴室裡，婷婷脫掉自己天藍色的比基尼，然後再脫掉凱莉身上的粉紅色比基尼，婷婷體貼的將沐浴乳塗滿凱莉全身，再為自己塗上，然後沖水，擦乾，再將不省人事而全身赤裸裸的凱莉拖上床，蓋上棉被，自己坐在沙發上，打開電視轉到探索頻道，播的是龍捲風襲捲美國德州的畫面，點一根煙，開始又一次的發呆。

下午三點，凱莉先醒了，她的傷口被自己的右手壓迫到而痛醒，睜開雙眼把棉被放在自己腿上，露出了沒穿衣服的上半身，額頭上還貼了紗布，往右一看，婷婷只穿著內褲睡得正甜，她昏昏沈沈地走進浴室，自言自語。

「咦！這不是我的套房？」於是她隨手用清水沖了臉，看著鏡中的自己，還沒卸妝，妝有些花了，看起來人不像人，嚇了自己一跳，輕輕的"啊"一聲，摀住自己的嘴，走出浴室，坐在沙發上，點一根煙，跟婷婷一樣看電視還有發呆。

下午三點半，米老鼠圖案的鬧鐘響了，婷婷按停了它，新的一天又開始了，她打開手機，十三通的留言。

「睡飽了？」婷婷問道。

「嗯！麻煩妳了。」凱莉有些過意不去！

「怎麼會！姐妹們就是要互相幫忙，等等先請假，卸妝後找個鎖匠來。」

「謝謝妳。」

「客氣什麼！妳還不是幫我擋酒。」

「誰叫那個陳董欺負妳，我最討厭男人欺負女人了。」凱莉有些氣憤地說。

「看來妳曾經被男人傷害過，一定讓妳很傷心。」凱莉拿起煙，遞給婷婷，幫她點燃後自己也點了一根，深深的吸了一大口，低下頭沈思了幾秒，才又抬起頭說：「三年前…」

「我要吃牛排。」凱莉說。

「現在是半夜兩點耶。」凱莉的男人胡景華不太想去，之所以這麼說，是長久以來，他們總是習慣半夜出門吃飯。

「我不管。」凱莉有點無理取鬧。

「好吧！我們去波士頓。」胡景華見狀只好勉強答應他。

中港路巷子裡，胡景華開著白色豐田載著凱莉到停車場。

「我要菲力七分熟。」凱莉告訴點餐的服務生說。

「一樣。」胡景華面無表情的告訴點餐的服務生。

「你不高興？」凱莉故意問。

「沒有。」胡景華敷衍地說。

「那你為什麼一路上都不說話。」但凱莉打破砂鍋問到底！

「我只是有點累了。」胡景華依舊敷衍地說。

時間回到婷婷的套房。

「婚前他對我百依百順，誰知道我們結婚後我父母車禍死了，從那時候起，他就變了一個樣，三天兩頭就對我動手動腳，鄰居報案之後他被關了五個月，原以為他出來之後會改，沒想到才回家三天…」

「賤貨，別跑！」胡景華追打著凱莉。

「啊！」凱莉尖叫著。

「幹你娘！今天不打死妳我就不是男人！」

「啊！」凱莉繼續尖叫著，胡景華拿著一個米酒玻璃瓶朝著凱莉後腦一砸，凱莉昏倒了，胡景華繼續用那個已經破碎的酒瓶割傷了凱莉的背部及右小臂，然後醉倒在客廳裡，任凱莉的血一直流。

「真是混蛋！」婷婷看著凱莉身上的傷痕咒罵著。

「這次他被關了八個月，他一共寫了十五封信給我，要我原諒他，我答應了。」凱莉又點了一根煙，深深吸了一大口。

「幹！」胡景華發狂似的毒打凱莉。

「別再打了！」凱莉哭著求饒。

「衣服脫掉！全身脫光！」胡景華點了煙大聲說。

胡景華變態似的用煙頭燙了凱莉右邊的乳頭，凱莉想逃跑卻被他用拳頭打倒在地，接著又用煙頭燙傷凱莉的下體。

「他竟然拿煙…」凱莉哭訴著，眼淚不停流著，婷婷抱著她。

「別怕，他再也不能傷害妳了，不是嗎！」

「這次他被判了三年五個月，法官也讓我們離婚了！」

「所以妳為了生活才來陪酒？」

「我為了忘記那些痛苦，借酒澆愁，所以我常得罪客人。」

「怎麼了？」婷婷忽然噗赤一聲笑了出來。

「我一想到妳吐得陳董一身，就覺得很好笑，他是常客，也是公司的大客戶，被妳這麼一吐一定很生氣，我看啊！妳還是暫時請假吧！免得吃力不討好。」

「那我靠什麼生活？」

「我養妳！」

「那怎麼行？」

「騙妳的啦！娃娃回新社種香菇，現在正缺人手，我們明天去找她。」

「好啊！謝謝妳嘍！」

「又來了！」

「婷婷阿姨！」火紅色的寶馬來到娃娃家，成成正在院子裡玩耍，他見到婷婷便衝過去。

「媽媽呢？」婷婷抱起成成問道。

「在裡面！」

「我們去找她。」

「好久不見！」娃娃說。

「是啊！真的好久不見了！混得不錯嘛！」婷婷故意答腔說。

「很忙！正缺人手呢！妳是來幫我的嗎？」娃娃也開玩笑地挖苦她。

「不是我，是她，凱莉！」

「妳好！娃娃姊。」凱莉向娃娃打招呼。

「做這個很忙喔！妳行嗎？」

「放心吧，我不會讓妳失望的，不過，我可以搬過來住嗎？」

「沒問題！什麼時候上班？」

「明天就過來。」三個女人笑成一團⋯

　　就這樣，娃娃跟凱莉獲得重生了，她們再也不必假裝成另一個人，不必再面對那些討厭的男人！

沒有靈魂的軀體

十九：虛情假意

　　紫禁城酒店裡，小姐們每天依舊迎來送往，這一天，一群女人起鬨要去牛郎店瞧瞧，婷婷跟香香也被拉去，阿三索性開著車送她們去放鬆一下，自由路上，曾是湯尼上班的地方，依然是臭味撲鼻，四個女人打扮時尚，婷婷拎著白色香奈兒包包，香香拿著櫻花包，一出電梯，馬上就有服務生帶位，舞池裡空無一人，所有的座位也都沒有人，香香問。

　　「怎麼都沒人？」她一臉疑惑的看著婷婷。

　　「這裡就是這樣啦！他們只想削光妳的錢，如果妳長得還不錯，就人財兩失！」婷婷卻是識途老馬，立即告戒香香！

　　「好久不見了，婷婷！」這時一個男人走過來，身高一百八十，身材厚實，面貌俊秀，是少女眼中的夢中情人，也是師奶殺手！

　　「是啊！誰教你那麼現實，知道我的身份後就不理我了！」

　　「別這樣嘛！算我的錯，今晚的小菜水果我招待，算是給你賠罪！」一旁的香香看著他俊秀的臉龐，起了仰慕之心。

　　「大家好！我是東京！」這名男人自我介紹。

　　「東尼！」

　　「湯姆！」

　　「威廉！」

十九：虛情假意

　　第二天，香香一個人又到這家牛郎店，東京跟一個年約六十的女人在舞池裡，他摟著那個女人跳舞，音樂正播放著蔡琴的歌：最後一夜。

　　香香在一旁癡癡地望著東京，這時東尼走過來。

　　「妳好！我是東尼，可以坐下來嗎？」

　　「可以！」但香香仍目不轉睛地看著東京。

　　「小姐！妳很面熟，我們是不是見過？」

　　「我昨天才來過！」

　　「對對對！跟婷婷一起來的！今天怎麼自己一個人來？」東尼就是這樣，所以客人並不是很喜歡他。

　　「要你管！」香香似乎不想理會東尼。

　　「妳喜歡東京！」東尼明知故問說。

　　「你怎麼知道？」

　　「妳一直看著他。」

　　「知道還來煩我！」香香有些不耐煩了。

　　「東京是這裡最紅的牛郎，妳想跟他在一起恐怕很難。」

　　「怎麼說？」香香終於轉過頭看著東尼，東尼也很帥，只是少了一種魔力，一眼就電暈女人的魔力，東尼沒有，但是東京有。

「喜歡他的女人至少幾十個，妳想跟她們拼財力嗎？還是妳自認為夠美，可以吸引他的目光？」東尼故意問她。

「那要怎麼做？」卻見香香仍不死心。

「我只是希望妳知難而退，別花冤枉錢在他身上，到頭來被榨乾了，什麼都沒得到。」東尼的一片好意似乎起不了作用。

「你很了解他？」香香開始認真聽東尼說話了。

「當然！」東尼非常篤定地說。

「你說有幾十個女人喜歡他，是不是真的啊？」卻見香香仍一臉懷疑。

「這樣吧！妳可以天天來點我的檯，完全免費！一個月後妳就明白了。」

「這麼好，你有什麼企圖？」香香似乎對東尼起了防備之心。

「我覺得妳很可愛，很適合當我的女朋友！」

「你不怕我愛上東京？」香香卻說。

「不怕！怕就不會叫妳天天來了。」

「好！那就一言為定，不可以收我的錢喔！」

　　於是香香辭去酒店的工作，每晚八點準時到牛郎店報到，她只有一個目的：看東京跳舞，遠遠地望著他也好，直到有一天東尼請假，店裡沒人。

　　「香香，要不要陪妳跳隻舞？」雖然東京的所作所為她都看在眼裡，不過東京的帥是很難抗拒的，就連婷婷也差點被他騙了。

　　「好啊！」她心中竟有一股莫名的興奮。

　　香香飄飄欲仙的跟著東京的舞步轉來轉去，早就把東尼的忠告拋向九霄雲外，東京陪跳舞、喝酒、聊天，電得香香暈頭轉向，一下子就過了五個小時，在結帳時才驚覺自己的愚蠢，開了兩瓶酒，賞給東京五十杯大酒，共花了六萬多元。

　　陷入東京圈套的香香終究難以自拔，天天報到，東尼並非每天上班，有時候他也會出場或請假，這時香香就會忍不住誘惑，東京的誘惑，三個月過去了，香香終於沒錢了，她花了七十四萬元在東京身上，得到的只是他幾句噓寒問暖，還有跳舞時的幻想，幻想那是她的男人。

　　「東京最近兩次都對我好冷淡喔！」香香有些失落地說。

　　「他知道妳沒錢了！所以冷落妳是很正常的。」東尼回答說。

　　「他為什麼會知道？」香香一臉疑惑。

「妳多久沒賞他大酒了？」東尼一針見血的說。

「兩個星期。」

「那就對了，每次都只喝一瓶酒，最近這次還只喝半瓶，對嗎！？」

「他真的那麼現實？」香香仍不願相信自己的愚蠢。

「嗯！」

「說了妳也不信，很多女人在他身上花了幾百萬，到最後也只是吃宵夜，逛街還有看看夜景而已，想跟他上床？不可能的！」

「他都不會想？」

「完全相反，據我所知他有三個固定的女朋友，光是應付她們就被吃乾抹淨了，那裡還有精力應付妳們這些客人，我勸妳還是早點放棄吧！免得最後人財兩失！」

這時婷婷的話忽然像在香香耳邊重播一樣：

「這裡的男人只想削光妳的錢，如果妳長得還不錯，就人財兩失！」

香香開始後悔，她決定把機會給東尼。

「香香，我請妳看午夜場的電影！」

「什麼片啊？」

「愛情片。」

「好看嗎？」

「不知道？今晚是首映。」

「那走吧！」東尼離開了牛郎店，香香也離開了，但牛郎店裡依舊天天上演相同的戲碼，有傻女人被東京海削的戲碼。

沒有靈魂的軀體

二十：藍色水銀

「妳終於答應我的追求，肯和我約會了，是嗎？」紫禁城的大廳裡，肥仔對著婷婷說。

「嗯！」

「那麼…妳喜歡喝咖啡嗎？」肥仔說話依舊靦腆。

「喜歡啊！」

「我們等等就去喝杯咖啡吧！好嗎？」

「現在就走吧！你想要喝醉再去嗎？」沒錯啊！難道要等喝醉。

經過半年的緊追不捨，這是兩人的第一次約會，婷婷挽著肥仔的手，面帶微笑的走出紫禁城酒店，並且再也不回頭了。兩人走到停車場，停在一部白色賓士前面，肥仔從口袋中拿出搖控及鑰匙，打開門。

「上車吧！」碰！碰！兩人幾乎同時關上車門。

「去風尚人文好嗎？」肥仔問。

「好！」

「要不要開冷氣？」他非常體貼，有英國紳仕的感覺。

「不用！」

「聽音樂？」

「隨便！」肥仔將音量漸漸轉大，是楊培安唱的我相信。

「你喜歡這首歌？」肥仔問。

「非常喜歡！」

「我也是！」

「真的嗎？」

「快到了！」

「我要再聽一次才下車。」

「喝什麼？」風尚人文漢口店靠窗的位置上，肥仔問道。

「冰曼特寧！」

「好喝嗎？」

「我喜歡它的味道！」

「那我也來一杯好了。」肥仔走向櫃台買單，婷婷雙手撐著下巴看著窗外，並沒有發現肥仔已經回到座位上。

「在想什麼？」

「沒有！只是在發呆。」

「我可以問妳幾個問題嗎？」

「嗯！請說。」

「妳現在有沒有男朋友？」

「有啊！」婷婷一臉正經的回答。

「那妳還跟我出來？」卻見肥仔的臉色不太好看。

「你不是問我〝現在〞有沒有男朋友，〝現在啊！〞。」肥仔搔搔頭看著她。

「這麼呆怎麼當我的男人啊！」肥仔正要開口，剛好服務生送上兩杯冰曼特寧。婷婷輕輕吸了一口，讓咖啡停在鼻腔下方，香氣逐漸蔓延到整個口腔內，她閉上雙眼，享受這美妙又奇特的滋味，肥仔見狀也依樣畫葫蘆，他雙眼眨了幾下，一副不可置信的樣子。

「真是一種奇特的味道，熟悉又陌生，迷人又想置人於千里之外。」

「有那麼特別嗎？」兩人哄堂大笑！！！

「你喜歡我那一點，值得你經常包我全場？」

「愛情這東西是很奇妙的，坦白說，我自己也不知道，第一眼看到妳，覺得妳像我的夢中情人，每次妳都逗得我很開心，不是嗎！這樣就足夠讓我愛上妳了！」

「原來如此！」

「我是個胖子，大部份的女孩都對我敬而遠之，即使我的家境不錯，也很少人願意跟我約會，在一個偶然的機會看見了妳，從此我就常到店裡去找妳。」

「所以你真的很喜歡我嘍？」

「當然！」

「記得你第一次包我全場，你都不說話，又不喝酒，只是兩眼發直的盯著我看，害我一直說話，結果你竟然只會點頭，你還記得嗎 ？」

「記得，結果妳要我轉到包廂，搞得我慾火焚身，然後你竟然放我鴿子，假裝上廁所，還叫了另外兩個姊姊，幫我…」

「幫你什麼？」婷婷故意鬧他說。

「幫我滅火啦！」肥仔臉都紅了。

「這麼說，你已經失身嘍！」婷婷繼續鬧他。

「那倒沒有，她們兩個…」肥仔臉紅到說不出話來。

「怎樣？」婷婷一雙眼盯著他瞧，繼續鬧他。

「她們兩個用手跟嘴幫我滅火啦！」

「以後如果有人用手跟嘴，你會跟她做嗎？」

「我不知道？」

「所以我必須守活寡嘍！」婷婷假裝正經，然後噗哧一笑，看著呆掉的肥仔。

「耶！你這麼笨，我要怎麼跟你在一起啊！」肥仔又搔頭。

「去過墾丁沒有？」兩人僵了一下後，肥仔問。

「沒有！」

「想不想去走走？」

「想啊！」

「等一下就去，好嗎？」

「真的嗎？」婷婷有些興奮地說。

這是初夏的凌晨五點零七分，屏東車城的某處海邊，兩人走出車外，這時的天微微亮著，海面上兩艘小漁船，海水像藍色水銀般地，閃爍著！彷彿夢境。

「好美！」婷婷依偎在肥仔身上說。

兩人四目相對，婷婷冷不防的親了肥仔的嘴一下，隨即起身跑上車，肥仔用右手擦了右邊的唇，站起身走向車子。

婷婷接受了肥仔的愛，在一個月後，兩個人結婚了，是否幸福與快樂，只有他們兩人知道，因為肥仔在恆春買了一塊地，蓋了別墅，遠離市區，並種了許多樹跟花，很少出門，偶爾會到海邊，那是他們定情的地方，藍色水銀閃爍的海面。

-完-

後　記

陳小雲唱的舞女，內容就是酒店內多數女人的心聲，輕快的節奏，卻是訴說著難以結束的無奈與苦楚，後來翻唱的版本不少，除了作詞譜曲的俞隆華也唱過，孫淑媚的版本是比較符合現實的唱法，如果有相似的心情，聽了應該會落淚吧？！但不論是 AV 女優、舞女、應召女郎或是純粹陪酒的酒店女郎，她們要的也只是一口飯，讓生活好過一些，像友希這種沈淪慾海的例子並不多見，像婷婷這樣，在酒店內遇到真愛的例子或許很少，但確實是存在的。

像東京、東尼、湯尼這樣的午夜牛郎也確實存在著，但別心存僥倖，以為妳能得到他們的真愛。類似青青這樣，有著毒癮的應召女郎其實不少，為了吸毒出賣身體，當然，一開始也有可能是被酒店洗腦，或是用惡意的方式來讓她們吸毒，最後，變成酒店的奴隸，賺來的錢又被酒店用毒品賺走而被控制。能像依依那麼幸運的少之又少，不過，透過婷婷的介紹，我看到了活生生的例子。

關於警方跟布萊特的部份都是虛構的，議長家族的事當然也是我編的，如有雷同，純屬巧合。凱莉受到的家暴，是個難解的題，許多會家暴的男人，在眾人面前是隻小綿羊，是鄰居眼中的好男人，同學同事間的暖男，我們實在很難想像這樣的人為什麼會成為打女人的渣男？

後　記

國家圖書館出版品預行編目資料

沒有靈魂的軀體／藍色水銀　著. —初版.—
　臺中市：天空數位圖書　2020.05
　　面：公分
　　ISBN：978-957-9119-78-8（平裝）

863.57　　　　　　　　　　109006494

書　　　　　名：沒有靈魂的軀體
發　行　人：蔡秀美
出　版　者：天空數位圖書有限公司
作　　　者：藍色水銀
校　　　對：浣子
製 作 公 司：璞臻有限公司
　　　　　　晴灣有限公司
版 面 編 輯：採編組
美 工 設 計：設計組
出 版 日 期：2020 年 05 月（初版）
銀 行 名 稱：合作金庫銀行南台中分行
銀 行 帳 戶：天空數位圖書有限公司
銀 行 帳 號：006-1070717811498
郵 政 帳 戶：天空數位圖書有限公司
劃 撥 帳 號：22670142
定　　　價：新台 290 元整
電子書發明專利第　Ｉ　306564 號　　　　版權所有請勿仿製
※　如有缺頁、破損等請寄回更換

紙本書編輯印刷：
電子書編輯製作：
天空數位圖書公司　E-mail：familysky@familysky.com.tw　http://www.familysky.com.tw/
地址：40255台中市南區忠明南路787號30F國王大樓　Tel：04-22623893　Fax：04-22623863